INDIVIDUTOPIA
JOSS SHELDON
TRADUCIDO POR JORGE LEDEZMA

**Copyright © Joss Sheldon 2019 & 2024
Todos los derechos reservados**

**Edición de tapa dura 2.0
ISBN: 979-8-8692-6830-3**

Este libro se vende sujeto a la condición de que no será reproducido, de manera comercial u otra, ni almacenado en un sistema de recuperación, ni transmitido de ninguna manera o por ningún medio, sin el permiso previo de Joss Sheldon.

Joss Sheldon sostiene el derecho moral a ser identificado como el autor de esta obra, de acuerdo a la 'Ley de 1988 sobre derechos de autor, patentes y diseños'.

Publicado por primera vez en el Reino Unido en 2019.

Traducido por Jorge Ledezma.

Diseño de portada por Marijana Ivanova.

Editado por Amberly Ayra.

Corregido por David Malocco y Aleksandar Bozic.

ESTA NO ES UNA PROFECÍA

ESTA ES UNA ADVERTENCIA

BIENVENIDO A INDIVIDUTOPIA

Tal vez debería comenzar desde el principio.

No, realmente no debería hacer eso. Debo comenzar esta historia mucho, mucho tiempo antes de su inicio.

Verás, entre tu era y la mía, aquí en el año 2084, el mundo ha cambiado tanto que sería negligente de mi parte no ponerte al día. Temo, querido amigo, que las aventuras de nuestra heroína, Renee Ann Blanca, no tendrían mucho sentido si no te doy un poco de contexto.

Quizás no te sorprenderá saber que el mundo cambiará dramáticamente a lo largo de las décadas que estás por experimentar. Tú mismo estás viviendo en una era de cambios sin precedentes. Pero, para comprender el mundo en el que vivirás en el futuro, necesitas mirar atrás, no hacia adelante, hasta 1979, y la elección de Margaret Thatcher.

La ideología de Thatcher puede ser resumida en una sola frase profética. Esa breve declaración, de apenas siete palabras, cambiaría el mundo para siempre.

Es difícil para nosotros imaginar a Margaret Thatcher mientras pronunciaba esas siete palabras. Muy pocos de mis contemporáneos han visto alguna vez una foto de la *Dama de Hierro*. La gente en estos días está demasiado ocupada consigo misma como para prestar atención a los demás. Tengo una imagen de la ex primera ministra en mi mente, aunque no puedo estar seguro de que sea correcta. Para mí, ella era un coloso; Mitad máquina, mitad humano, con un casco de cabello metálico, hombreras de acero y una lengua que podía disparar balas.

Pero estoy divagando. En realidad, el aspecto de Thatcher no tiene importancia. Deberíamos centrar nuestra atención en esas siete palabras proféticas. Esas siete pequeñas palabras, que no eran en absoluto verdaderas, que nunca habían sido ciertas, pero que se convertirían en la única verdad que existía:

"No".

La voz de Thatcher fue penetrante. Era un chirrido avinagrado. Un chillido áspero. Poesía sin color. Una sombra sin luz.

"Hay".

La estática zumbaba entre las palabras.

"Tal".

Un paso distante que no hacía eco.

"Cosa".

Una bocanada engullida.

"Como".

Brilló el flash de una cámara.

"La".

Cayó una pestaña.

"Sociedad".

"No hay tal cosa como la sociedad. Hay individuos, hombres y mujeres, y hay familias. Y ningún gobierno puede hacer nada si no es a través de la gente. Y la gente primero debe cuidar de sí misma. Es nuestro deber cuidar de nosotros mismos".

Con estas siete palabras, nació el *Culto al Individuo*.

Durante las décadas que siguieron, todos fueron obligados a unirse.

Para cuando nació nuestra heroína, en el año 2060, la afirmación de Thatcher se había convertido en una realidad. En verdad no había tal cosa como la sociedad. Nuestra Renee estaba completamente sola.

***

He leído el resto de este capítulo y temo decir que se vuelve terriblemente político. Estimado amigo: Por favor acepta mis sinceras disculpas. Este libro no es un manifiesto radical. De hecho, me gusta mucho esta Individutopia nuestra. Es el único mundo que he conocido, y, a decir verdad, estoy bastante apegado a él. No. Este es un relato fascinante: la historia del del camino de una mujer hacia el autodescubrimiento.

Avanza y compruébalo tú mismo, si no me crees. Lo entenderé. Sinceramente, lo haré. Quizás la literatura política no sea de tu agrado. Eso está bien. Totalmente bien. Debes ser fiel a ti mismo. ¡Debes ser el individuo único que eres!

Pero primero, tómate un momento para considerar los cuatro cambios sísmicos que provocó el individualismo. Estos enmarcarán nuestra historia:

1) PRIVATIZACIÓN. Los activos de la sociedad se vendieron a individuos, quienes cobraron honorarios por todo. Y me refiero a *todo*.

2) LA COMPETENCIA REEMPLAZÓ A LA COOPERACIÓN. Todos competían contra todos los demás, las veinticuatro horas del día, los

siete días de la semana, en un vano intento de ser los mejores.

3) LAS RELACIONES PERSONALES DESAPARECIERON. Las personas estaban tan centradas en sí mismas que ignoraban a todos los demás.

4) LA ENFERMEDAD MENTAL SE CONVIRTIÓ EN UNA EPIDEMIA. Ante la incapacidad de poder satisfacer las necesidades sociales, la depresión y la ansiedad se convirtieron en la norma.

***

¿Sigues conmigo?

¡Bien! Te pondré al tanto. Empecemos con la privatización...

Ya no existía la sociedad, se deducía que la sociedad no podía poseer nada. Todo lo que *era* de propiedad colectiva tenía que pasar a las manos de particulares.

Cientos de industrias nacionalizadas, como British Gas y British Rail, fueron entregadas a accionistas individuales, quienes aumentaron los precios para recuperar sus inversiones.

Los mercados internos se introdujeron en el Servicio Nacional de Salud, a través del cual se subcontrató el trabajo a empresas privadas. Las escuelas se convirtieron en academias, que también fueron entregadas.

Vastas zonas de la nación se convirtieron en *Espacios Privados de Propiedad Pública*: tierras que parecían ser propiedad de la sociedad, pero en realidad eran propiedad de particulares. Las casas de vivienda popular, que alguna vez fueron propiedad de la sociedad, se vendieron y nunca fueron reemplazadas. Además, se volvió ilegal establecerse en un edificio abandonado.

Cuando las *Reformas Democráticas* de 2041 introdujeron un mercado para los votos, unas cuantas personas adineradas compraron todos los que necesitaban, se eligieron a sí mismas, eliminaron todas las leyes laborales, abolieron la *Comisión de la Competencia* y disolvieron el parlamento. Libres de la regulación gubernamental, monopolizaron la riqueza de la nación, privatizaron la fuerza policial y la utilizaron para protegerse.

Una clase oligarca, o absoluta había nacido.

Se introdujeron tarifas para la educación y la atención médica, y luego las aumentaron, hasta que se volvieron demasiado caras para que la gente pudiera pagarlas. Las tierras comunes desaparecieron, los parques nacionales se convirtieron en jardines privados y todas las playas fueron cercadas. Había que pagar tarifas para caminar por la calle, respirar el aire y hablar con otra persona.

En 2016, Oxfam descubrió que sesenta y dos personas poseían tanta riqueza como la mitad de las personas que habitaban el planeta. Para el 2040, estas personas poseían tanto como todos los demás juntos. En 2060, el año en que nació nuestra Renee, literalmente eran dueños del mundo.

***

Ahora centremos nuestra atención en la competencia...

Como no había sociedad, no se le podía responsabilizar de nuestros problemas. Se esperaba que nosotros, solos, asumiéramos la *responsabilidad personal* y nos ayudáramos a nosotros mismos. Como dijo una vez uno de los aliados más cercanos de Thatcher: "Mi padre desempleado no participó en disturbios. Se subió a su bicicleta y buscó trabajo".

Eso es correcto: si no tenías un trabajo, ¡dependía de ti subir a tu bicicleta y tomar el puesto de otra persona! En la era del individuo, no cooperamos, competimos.

En las escuelas, las que quedaban, se introdujo una cultura de pruebas. Los alumnos de tan solo siete años se vieron obligados a competir contra sus compañeros de clase para obtener las mejores calificaciones. Los vendedores competían para obtener la mayor cantidad de ventas, los médicos competían para lograr las listas de espera más cortas y los burócratas competían para realizar los mayores recortes. Todo un sistema de compradores misteriosos, encuestas de retroalimentación de los clientes, reseñas en Internet, evaluaciones de puntualidad y calificaciones de estrellas enfrentaron al trabajador contra el trabajador. Todo lo que se podía medir era contado y clasificado. Todo lo demás se pasaba por alto.

En la década de 2050, los oligarcas crearon una meta-diagrama que clasificaba a cada individuo en la tierra, y también crearon una infinidad de diagramas menores, que medían todo lo imaginable. En estos días, hay tablas que clasifican la apariencia de las personas, los niveles de consumo, la ingesta de calorías, las puntuaciones de los juegos de computadora, la capacidad de comer, saltar y dormir. Lo que sea, hay un diagrama para eso.

Se esperaba que los individuos compitan contra todos los demás, todo el tiempo y en todos los sentidos. Y, si tenían éxito, estos esperaban ser recompensados.

Creo que esta mentalidad nació cuando estabas vivo... Olvidando que habían sido ayudados por la sociedad, atendidos por enfermeras y educados por maestros, los primeros individualistas afirmaron que eran "Hechos a sí mismos": habían competido, habían ganado y merecían quedarse con cada centavo que habían recibido. Lograron su objetivo. El impuesto a las corporaciones se redujo de cincuenta y dos por ciento en 1979 a solo un diecinueve por ciento en 2017. La tasa más alta del impuesto a la renta bajó de ochenta y tres por ciento a cuarenta y cinco por ciento. Ambos impuestos fueron eliminados por completo en la *Gran Ley de la Libertad* de 2039.

Mientras tanto, se culpaba a los pobres de su pobreza. Era su culpa, según la lógica, por no subirse a su bicicleta, no movilizarse para encontrar trabajo, tomar un segundo empleo o trabajar más horas.

El Departamento de Trabajo y Pensiones realizó campañas que demonizaban a cualquiera que reclamara asistencia social. Los periódicos pedían a la gente a "Ser patriotas e informar sobre cualquier fraude de beneficios que conozcan". Los vecinos se volvieron contra los vecinos, los pobres se volvieron contra los más pobres y todos se volvieron contra los desempleados. El Estado del Bienestar se disolvió en 2034, y la última organización benéfica cerró sus puertas en 2042. Los discapacitados, los ancianos y los desempleados se dejaron abandonados a su suerte.

La brecha salarial se amplió cada año.

Cuando Thatcher llegó al poder, a un diez por ciento de los empleados británicos se les pagaba cuatro veces más que al diez por ciento inferior. Para el año 2010, se les pagaba treinta y una veces más.

Los salarios reales comenzaron a disminuir. En 2017 eran menores que en 2006.

Para 2050, el diez por ciento más rico de los trabajadores ganaba mil veces más que el diez por ciento más pobre. Pero incluso a estos se les pagaba menos de lo que un empleado promedio ganaba en 1980.

Sin embargo, nadie se quejó. Los trabajadores más ricos estaban contentos, felices de saber que se les pagaba más que a sus compañeros. Los trabajadores más pobres, mientras tanto, asumieron la responsabilidad personal, se levantaron las mangas y trabajaron más duro que nunca.

***

Se rumoreaba que algunas personas intentaban liberarse de esta *Individutopia*.

Circulaban rumores acerca de un colectivo rebelde cuyos miembros, *qué horror*, ¡deseaban vivir juntos en una sociedad! Aquellos radicales fueron ridiculizados, llamados charlatanes y extremistas peligrosos. Nadie sabía qué les había sucedido, si es que existían, pero las opiniones individuales abundaban. Algunas personas decían que se habían apoderado de la propiedad de un oligarca. Otros afirmaron que habían huido al Polo Norte, la Atlántida o a Marte. La mayoría de la gente creía que habían muerto. No había un consenso común y, a medida que la gente se volvía más distante, esos chismes se desvanecían.

La gente se volvió más distante cada año.

En lugar de practicar deporte con otras personas, los individualistas jugaban juegos de computadora solos. Bebían en casa y no en el pub. Se comunicaban vía internet en lugar de hablar en persona. Dejaron de decir "Hola" a las personas con las que se cruzaban, giraban la cabeza para evitar el contacto visual y usaban audífonos para evitar la conversación. Tocaban sus teléfonos inteligentes más a menudo que a otras personas.

Las escuelas les decían a sus alumnos: "No hablen con extraños". Las compañías de seguros les decían a sus clientes: "Siempre cierre su puerta con llave". La publicidad clamaba: "Mantenga sus posesiones cerca".

Para el 2030, todos tenían trabajos únicos, con horarios únicos y nada en común con sus colegas. En 2040, todos los sindicatos habían sido disueltos. Para el año 2050, todos los clubes de trabajadores, centros comunitarios, bibliotecas, campos de juego y canchas habían sido vendidos a la clase de los oligarcas.

Obligadas a reubicarse para encontrar trabajo, las generaciones se dividieron y la unidad familiar se derrumbó. Menos personas se casaban, más personas se divorciaban y nacían menos bebés. Las personas se centraron en sí mismas. Perseguían la fama, la fortuna y la belleza. Se unieron a gimnasios, se atiborraron con el maquillaje y se hicieron adictos a la cirugía estética. Solo publicaban sus imágenes más favorecedoras en las redes sociales y, a menudo, las editaban para que parecieran más atractivas.

Para principios de la década de 2040, todos eran una mezcla de plástico y carne, y todos poseían una pantalla que mejoraba su imagen en tiempo real. Todos creían ser la persona más bella del mundo.

La gente dejó de abrazarse entre sí. Luego dejaron de tocarse por completo. Usaban *Plenses*; lentes de contacto computarizados, que editaban la visión de un usuario para que no tuvieran que mirar a nadie más. Hablaban con sus dispositivos electrónicos en lugar de hablar con personas reales. Palabras como "Tú", "Nosotros" y "Ellos" cayeron en desuso. Solo se usaban "Eso" y "Yo".

El sueño de Thatcher se había convertido en una realidad.

Realmente no había tal cosa como la sociedad.

La última conversación de persona a persona tuvo lugar entre los dos padres de nuestra heroína, momentos antes de que fuera concebida. Ese acto de copulación fue la última vez que dos adultos entraron en contacto físico.

Renee Ann Blanca, en caso de que te lo preguntes, no fue criada por sus padres. Fue criada por el robot *Babytron* que la encontró frente a la Torre Nestlé. La madre de Renee creía que la bebé Renee debía asumir su responsabilidad personal y criarse ella misma, por lo que la había dejado allí para que solicitase un empleo.

***

¡Uf! Estamos casi listos para comenzar.

Pero antes de hacerlo, tomemos un par de minutos para examinar la salud mental de la nación...

Los individuos se encontraban aislados, obligados a realizar trabajos que ofrecían poco significado, eran hiper-receptivos a las expectativas de las corporaciones y, a menudo, también eran propiedad de los mismos objetos que tanto les habían costado poseer. Los individualistas estaban lejos de ser felices. Para el 2016, una cuarta parte de los británicos sufría de estrés, depresión, ansiedad o paranoia.

Estas enfermedades mentales tuvieron efectos físicos. Aumentaron la presión arterial de las personas, lesionaron su sistema inmunológico. Además, aumentaron las posibilidades de que sufrieran infecciones virales, demencia, diabetes, enfermedades cardíacas, accidentes cerebrovasculares, adicciones y obesidad.

Para el 2016, más del veinte por ciento de los británicos habían tenido pensamientos suicidas, y poco más del seis por ciento habían intentado suicidarse. El suicidio era la causa más común de muerte entre los hombres menores de cuarenta y cinco años. Para el 2052, era la causa más común de muertes en el país.

Los niveles de testosterona se redujeron en los hombres. Las mujeres dejaron de menstruar.

Aun así, los individualistas se negaban a mirar hacia el exterior, hacia las causas sociales de su enfermedad mental. No había tal cosa como la sociedad, por lo tanto, ¡la sociedad no podía ser la culpable!

Los individualistas miraban hacia adentro y se culpaban a sí mismos. Asumieron la responsabilidad personal, probaron psicoterapia, neurocirugía y meditación. Luego tomaron medicamentos. El uso de antidepresivos se duplicó en los diez años previos a 2016, y siguió aumentando a partir de entonces. Las personas se volvieron adictas a las pastillas para dormir, a los estabilizadores del humor, a los tranquilizantes y a los antipsicóticos.

Cuando la atmósfera se volvió demasiado contaminada para respirar, la gente se vio obligada a comprar su propio suministro de aire limpio. Se añadieron antidepresivos vaporizados a la mezcla. Nuestra heroína, por lo tanto, nació en medio de una bruma de medicación; dopada por una mezcla de Valium y serotonina química que su robot Babytron le suministraba. Era una neblina de la que nunca había escapado.

A lo largo de su vida, Renee Ann Blanca había inventado su propia mezcla individual de drogas, repleta de su propio sabor individual: cereza amarga y toffee. A pesar de que reducía su dosis por la noche, no había pasado un solo minuto en el que no estuviera medicada. Esto probablemente era lo mejor. En aquellos días, las personas generalmente se suicidaban en cuanto su gas se agotaba.

Todo esto suena bastante morboso, ¿no es así?

Por favor, tenme paciencia. Hay una razón por la que he decidido contar la historia de Renee Ann Blanca. No es tan sombría como podrías pensar. Pero si explico el motivo, en un momento tan temprano, ¡seguramente arruinaría la historia!

Hablando de eso, supongo que estamos casi listos para comenzar.

Y aquí está la propia Renee. Sí, casi puedo distinguirla. Ella parece estar despierta, tosiendo en medio del aire narcotizado que se arremolina en el interior de su cápsula.

Y ASÍ NOS ENCONTRAMOS CON NUESTRA HEROÍNA

"(La esclavitud) consiste en trabajar y recibir una paga, y así se mantiene día a día, a lo largo de la vida."
PERCY SHELLEY

"¡Renee! ¡Renee! ¡Renee!"

Estoy escuchando la alarma personalizada de nuestra heroína. Su propia voz, grabada hace muchos años, la está llamando a comenzar el día.

Estoy mirando, anonadado.

El cabello de Renee roza su almohada mientras se da la vuelta, lanzando mechones dorados contra el algodón rosado. Un poco de lagaña cristalizada cuelga de un ojo que ha sido desfigurado por el exceso de Botox auto aplicado. Su mejilla derecha, la que no ha sido realzada con plástico, está comenzando a transformarse; pasando de color salmón a púrpura y luego a beige. Sus gruesas piernas se entrecruzan debajo del edredón, como un par de tijeras laboriosas.

Por aquí, en su labio inferior hay una marca de nacimiento en forma de estrella. Por acá, una cicatriz en forma de frijol. Ahí, una ceja que ha sido sobreexplotada, remendada con cabello artificial, voluminizada con gel y resaltada con delineador de ojos color rosa.

Quizás tú también la puedes ver. Tal vez puedes ver la forma en que ella se mueve hacia una pantalla para detener esa alarma. Tal vez puedes escucharla toser, mientras su faringe lucha contra este aire barato. Renee no puede permitirse el aire suave de las montañas de los Alpes o el aire lozano de New Forest. Ella debe conformarse con este aire pesado y reciclado, que ha sido filtrado de la atmósfera de Londres.

Una pantalla holográfica flota cincuenta centímetros frente al hombro derecho de Renee. Está hecha de luz rosa translúcida, con un borde naranja opaco, pero no tiene ningún tipo de sustancia o peso. Renee puede ver a través de ella, pero no puede escapar a la información que se muestra en todo momento.

En la primera línea, la deuda de Renee parpadea en una fuente grande y roja: £ 113,410 y doce peniques. Y ahora, trece peniques. Crece un centavo por cada veinte respiraciones que toma.

En la segunda línea, en una fuente más pequeña, está la posición

de Renee en el *Cuadro de trabajadores de Londres*:
CLASIFICACIÓN GENERAL: 87,382° (Bajó 36,261).

Y en la tercera línea, en una fuente aún más pequeña, una serie de gráficos menores aparecen uno tras otro. Renee acaba de subir veinte mil lugares en el cuadro del sueño, superando a Paul Podell. Ella tiene una rivalidad imaginaria con ese hombre, a pesar de que nunca lo ha conocido. Ella nunca ha conocido a nadie en persona, pero esta rivalidad ficticia le da a Renee una razón para vivir.

Renee ha descendido por debajo de Podell en el gráfico de *despertar*:

"¡Diablos!"

Sus gráficos rotaron:

Clasificación de los ronquidos: 1,527,361° (Bajó 371,873).
*** 231 lugares debajo de Jane Smith ***
Clasificación de giros y vueltas: 32,153° (Subió 716).
*** 5,253 lugares por debajo de Sue Wright ***
Clasificación del control de salivación: 2,341,568° (Subió 62,462).
*** 17 lugares por encima de Paul Podell ***

"¡Sí! ¡Lo logré!"

***

La bocina zumbó:

"Soy única, soy mejor que todos los demás".

Escucharse a sí misma recitar este mantra siempre levantaba el ánimo de Renee.

Por supuesto, era una mentira descarada. Renee no era "Mejor que todos los demás". Más de ochenta y siete mil personas estaban clasificadas por encima de ella en el Cuadro de trabajadores de Londres. Pero Renee no era el tipo de persona que permitía que un hecho inconveniente se interpusiera en una ficción muy querida.

Ella justificaba su creencia a su manera: diciéndose a sí misma que ochenta millones de personas vivían en Londres, por tanto, estaba bien posicionada dentro del primer encabezado de listas, si ella estaba en el mejor encabezado, significaba que era la mejor. Ella había estado en los primeros lugares de los gráficos principales durante tres segundos completos, en el 2072: Sería una líder de gráficos por el resto de su vida. Y, de todos modos, ella siempre estaba en el primer lugar de las "Grandes Clasificaciones de Renee"; un gráfico que ella misma había creado.

Sus mantras declamaban:

"Debo vestirme, pensar y actuar de una manera única".
"No puedo tener algo por nada".
"Soy lo que poseo".
"Demasiado de algo bueno puede ser maravilloso".
"Seré feliz en todo momento".

Creo que Renee debió haber estado escuchando una de sus grabaciones de hipnopaedia durante esta noche en particular, porque de repente se sobresaltó y dijo:

"Ah sí, la hierba es azul".

Renee había creado una colección de grabaciones, que abarcaban de todo, desde astrología hasta horticultura, música y danza. Su contenido tendía a ser bastante falso. La hierba no era azul. Nunca lo ha sido y probablemente nunca lo será. Pero Renee lo creía de todo corazón. Y puesto que nunca había hablado con nadie más, sus puntos de vista nunca habían sido cuestionados o corregidos.

Esto no quería decir que Renee no recibiera nueva información de fuentes externas. Desde el momento en que se despertaba, sus avatares la bombardeaban con un flujo constante de datos y cifras. Algunos de estos habían sido extraídos de internet. Algunos eran ciertos. Pero esta información estaba personalizada; recopilada de las fuentes que Renee había elegido, editada para adaptarse a sus preferencias individuales y complementada por su propia propaganda. Por eso, lo que tenía confirmaba todo lo que ella ya creía.

Su avatar favorito, I-Green, hablaba con una voz idéntica a la de Renee; audaz, con una corriente oculta de suficiencia y un toque de frivolidad de niña:

"Los grandes rankings de Renee acaban de salir de la prensa, y parece que yo, Renee Ann Blanca, soy la más grande en vida. Vaya, soy una superestrella".

Renee se quitó la lagaña del ojo.

"Pronóstico del trabajo de hoy: competitivo con posibilidad de trabajo por hora. Se espera que un frente de baja presión se desplace por el oeste de la ciudad a primera hora de la tarde, así que asegúrese de llevar un mono, y tenga en cuenta que hay un diez por ciento de probabilidades de una tormenta de despidos al anochecer".

Una fina niebla de Prozac se atomizó sobre la cabeza de Renee. Ella la aspiró y sonrió. Diez peniques fueron agregados a su deuda. *"¡Venta! ¿Mis avatares son viejos, feos o tienen un aspecto cansado? ¿Estoy lista para actualizar al último modelo más genial? Bueno, bajaré y visitaré www.AvatarsAreRenee.me para obtener un nuevo avatar hoy. ¿Qué estoy esperando?"*

Renee se volvió hacia I-Green y sonrió. Las comisuras de su boca se extendieron hacia arriba, arrastrando la barbilla hacia su nariz y revelando un conjunto de dientes que habían sido limpiados, blanqueados y pulidos.

Como todos sus avatares, I-Green era una copia digital de la misma Renee.

Los avatares de Renee estaban hechos de *Luz Sólida*. Se podía caminar a través de ellos, pero no se podía ver a través de su forma. No brillaban, como los hologramas normales. Eran perfectamente realistas, con la piel contorneada y el cabello suelto.

Todos los avatares de Renee se parecían a Renee, actuaban como Renee, sonaban como Renee y decían las cosas que Renee quería decir o escuchar. Entre ellos, satisfacían su necesidad de compañía; ayudándola a asumir la responsabilidad personal de sus impulsos sociales, sin entrar en contacto con nadie más.

I-Green era el avatar favorito de Renee. Había sido creado en uno de esos días soleados cuando todo se convierte en oro. Un verdadero día especial. Fue cuando Renee ganaba más de lo que gastaba, le habían prometido tres días completos de trabajo, obtuvo la mejor puntuación en su juego de computadora favorito y pudo tener tostadas con queso para la cena. La sola vista de I-Green le recordaba a Renee aquel feliz día. Parecía como si Renee se pudiese mirar hacia atrás, usando un vestido verde, cubierto de lentejuelas y perlas. Cuando sus mejillas aún no estaban dañadas por la cirugía plástica y sus ojos todavía no estaban arruinados por el Botox.

"¡Oferta especial! Si camino por Old Kent Road hoy, solo me cobrarán tres peniques por cada cien pasos. Nunca ha habido un mejor momento para visitar la estatua de mi querido oligarca, Sheikh Mansour Cuarto".

Deseando despejar algo de espacio en su cápsula, pulsó un botón y con eso, I-Green desapareció.

Casi todo el mundo vive en cápsulas. Todas son ligeramente diferentes, para reflejar el hecho de que sus inquilinos también son ligeramente diferentes. Pero todas tienen una cosa en común: son increíblemente pequeñas. Los precios de las casas aumentaron tanto en los últimos cien años, que generaciones sucesivas se vieron obligadas a mudarse a casas más pequeñas que las que habían habitado sus padres. Las casas se dividieron en departamentos. Los pisos se dividieron en viviendas de una sola habitación. Estos espacios fueron posteriormente divididos, subdivididos y particionados.

La cápsula de Renee medía poco más de dos metros de largo, un metro de ancho y un metro de altura. Estaba recubierta con metal de imitación e iluminada por cientos de bombillas LED. Un colchón de plástico ocupaba las tres cuartas partes del piso, cubriendo un agujero que servía de inodoro, desagüe y fregadero. En el techo había un grifo que podía usarse como ducha, aunque el agua era tan cara que Renee rara vez la usaba. Ducharse sentada implicaba más costo del que valía la pena.

Un lado entero de la cápsula estaba cubierto por una pantalla digital. A lo largo del otro lado había un estante, donde I-Green vivía. En un extremo de este estante se encontraba la ropa, los zapatos y el broche de Renee; un pequeño dispositivo que acumulaba datos, tomaba fotos y generaba sus hologramas; sus proyecciones, avatares y posesiones virtuales. Renee se definía a sí misma en términos de lo que poseía, pero no podía permitirse muchas cosas reales, y en vez de ello, coleccionaba posesiones virtuales. Los únicos otros artículos físicos en ese estante eran una pequeña cantidad de alimentos, una gran cantidad de cosméticos, una tostadora, un cuchillo, una tetera y un microondas que Renee había reparado utilizando un fusible de su robot Babytron.

¡Oh no! ¡Por favor no juzgues a nuestra Renee con dureza! Es cierto que ella desmanteló ese robot tan pronto como pudo sobrevivir sin él. Supongo que podrías considerar esto como un acto un poco malagradecido. Pero Renee no tenía concepto de gratitud alguno. Nunca había experimentado la gratitud por sí misma. Su robot estaba funcionando mal. A Renee le pareció que lo mejor para ella era conservar sus partes útiles y descartar el resto.

Renee tocó su pantalla. I-Sex apareció.

I-Sex parecía una versión masculina de Renee. Para crearlo, Renee se había cortado el cabello, se había desvestido y se había puesto maquillaje para resaltar los pómulos, las cejas y la nariz.

Renee activó su pene virtual, barba y pecho plano. Colocó estos hologramas en posición, y con un movimiento despreocupado de su muñeca, le ordenó a I-Sex que se acostara.

Se quitó las bragas, colocó una almohada entre las piernas de I-Sex y comenzó a moverla.

I-Sex siguió el juego.

"¡Oh sí!" chilló. "¡Dámelo Renee! ¡Oh sí! Así es como me gusta. Me conozco chica. ¡Oh sí! Soy el mejor. ¡Wahoo!"

Una niebla cada vez más espesa de hormonas sexuales llenó la cápsula.

Renee jadeó mientras chupaba una fuerte descarga de oxitocina química que fue directamente a su hipotálamo.

"¡Justo ahí! ¡Sí, ese es el lugar! ¡Sí, Renee, sí!"

La dopamina química en el aire se mezcló con la dopamina natural en la sangre de Renee. Trillones de moléculas intoxicantes se dirigieron hacia su cerebro. Una cascada de reacciones químicas y eléctricas envió chispas alrededor de su cráneo, reorganizando la realidad interior de su mente.

£113,411.43

£113,411.73

£113,412.03

El corazón de Renee se aceleró. Su respiración se hizo más profunda. Su útero se contrajo, se convulsionó y enrojeció con oleadas de placer orgásmico. Los fluidos vaginales corrieron por la parte interna de sus muslos.

Ella colapsó a través de I-Sex y aterrizó en el suelo con un ruido sordo.

"Un virus cobarde está detrás de mis avatares. ¡Son los terroristas! ¡Los terroristas! El Virus de la Obliteración amenaza mi propia existencia. Oh, ¿cómo podría vivir sin mis encantadores avatares? ¿Cuál sería mi razón de existir?"

Renee presionó un botón en su pantalla e I-Sex desapareció.

Ella odiaba que I-Sex transmitiera información inmediatamente después de la relación sexual, arruinaba su orgasmo, pero no podía permitirse un modelo sin publicidad.

Tocó su pantalla, navegó hacia la tienda de Amazon y compró un antivirus. Se agregaron cinco libras a su deuda.

Tocó su pantalla de nuevo.

La mezcla única y personalizada del perfume de Renee llenó la cápsula. Era una mezcla perfectamente balanceada de canela y alcanfor, adulterada por un olor a estiércol y un toque de jamón podrido. Nadie le había dicho a Renee que aquel aroma era repugnante, por lo que ella pensaba que olía divino. La ignorancia, como solía decirse, era la dicha:

"¡Huele muy bien! Ahora vamos a vestirnos para impresionar".

La ropa de Renee había sido fabricada por Nike. *Toda* su ropa era marca Nike, la compañía que había comprado a toda la competencia y establecido un monopolio unos años atrás, en el 2052. Este es el meollo del individualismo, por favor entiende: Todos deben ser diferentes, por supuesto, pero sus diferencias deben acomodarse. Todos deben usar ropa diferente, para ser un individuo, y todos deben personalizar su ropa para distinguirse de todos los demás. Pero esa ropa debe ser fabricada por Nike. Simplemente no hay otra opción al respecto, y nadie puede concebir un mundo en el que pueda existir otra alternativa.

Renee poseía un par de cada uno: dos pares de ropa interior, dos vestidos y dos sostenes. Había agregado destellos a sus zapatos, los cuales tenían agujetas de distintos colores. Había rasgado sus blusas, agregado parches a sus pantalones e inventado un logotipo de mujer de palo, su propia marca personal, que había dibujado en todo lo que poseía.

Miró hacia un logo de Nike:

"*Just do it*. (Simplemente hazlo). ¡Voy a hacerlo!"

Se aplicó esmalte en las uñas, base en la cara, brillo en los labios y rímel en los ojos. Se ató el cabello con una trenza, se colocó el broche y tocó la pantalla. Una pajarita holográfica, un collar dorado y un broche floral aparecieron en el aire. Renee los posicionó:

"Bueno, una realmente debe crear una apariencia nueva e individual cada día. ¡Nunca usaré el mismo accesorio dos veces!"

Una repentina oleada de sentido del deber corrió por las venas de Renee:

"¡Debo trabajar, trabajar, trabajar! ¡No debo eludir, eludir, eludir!"

Estaba a punto de salir de casa con el estómago vacío, se contuvo y engulló un sustituto de pan tostado con vitaminas; un alimento acartonado, que contenía todas las bondades de una tostada, pero poco de su sabor.

También comió una cucharada de mermelada fetal.

Esta comida era asquerosa y Renee lo sabía, pero no tenía otra alternativa.

Cuando Nestlé monopolizó el suministro de alimentos, en 2045, comenzaron a utilizar una estrategia de publicidad conocida como *Percepción sin conciencia*. Déjame explicarte: imagina que pasas al lado de alguien que está silbando. No eres *consciente* de sus silbidos, pero pronto te encuentras silbando la misma canción. Tu subconsciente ha *percibido* esa melodía y te ha inspirado a actuar.

El logotipo del sustituto de pan tostado vitamínico de Nestlé consistía en dos cintas moradas. El día anterior, Renee había visto varias cintas de color púrpura mientras jugaba un juego de realidad virtual. Luego completó un crucigrama que incluía todas las letras de la frase "Sustituto de pan tostado con vitaminas". Sus accesorios virtuales incluían una cinta amarilla y una faja púrpura.

Renee no era *consciente* de estas cosas, pero su subconsciente las había *percibido*, y ahora se sentía obligada a comer esa tostada. A pesar de que le proporcionaba poco placer, se sentía bien.

Ella se balanceó mientras comía. Renee siempre se mecía mientras comía. Pensaba que era su propia peculiaridad individual.

Su estómago retumbó.

Asumiendo la responsabilidad personal de su hambre, tocó la pantalla, acercó la boca al respiradero y tragó una imagen vaporizada que representaba el apetito. Se puso sus Plenses y su máscara de gas; Un dispositivo transparente, que le cubría toda la cabeza. Este contenía un micrófono, un conjunto de altavoces, una ranura similar a un cajón para alimentos y dos tubos. Un tubo filtraba el aire nocivo, por un precio, haciendo posible respirar en el exterior. El otro suministraba un flujo constante de antidepresivos.

Estaba lista para enfrentar el día.

***

Tan pronto como Renee se arrastró por la escotilla, cuatro avatares aparecieron a su lado.

I-Green, I-Original, I-Special y I-Extra hablaron todos juntos: *"Virus de la obliteración exitosamente blindado. Me han salvado justo a tiempo"*.

"Igual yo. ¡Wahoo!"

"Los terroristas quieren matarme".

"Para la mayor probabilidad de empleo, debería dirigirme a Oxford Circus".

"Los terroristas quieren robar mis preciosas posesiones".

"Los terroristas quieren mi tetera".

"Mi escotilla se romperá".

"¡Cierra la escotilla!"

"¡¡¡Bloquea la escotilla giratoria!!!"

Sus avatares reflejaban las inquietudes personales de Renee.

Ella entró en pánico, inhaló algunos antidepresivos, se recuperó, cerró la escotilla, la giró, la cerró con una llave. Luego la bloqueó con un código de seguridad, agregó un candado y colocó un candado extra para bicicleta:

"Ah, sí. Creo que me dirigiré a Oxford Circus".

"¡Qué idea tan genial!"

"No podría haber ideado un mejor plan para mí".

"Caramba, Renee, estoy segura de ello".

Después, Renee se encontraba en una base, que se había abierto mientras se arrastraba hacia el exterior. Hecha de metal perforado, era tan ancha como su cápsula, pero solo tenía sesenta centímetros de profundidad. Dos de sus avatares no tenían más remedio que flotar en el aire.

Esto no les impidió hablar. Los avatares de Renee siempre estaban hablando, felicitándola, haciendo eco de sus pensamientos y suministrándole nueva información. Ella siempre estaba rodeada de voces, aunque esas voces eran todas suyas.

El ascensor llegó, agregó cinco peniques a la deuda de Renee y abrió sus puertas. Renee entró, descendió ochenta metros y salió a *Podsville*; una vasta extensión de cápsulas que se extendía desde Euston hasta Holborn y el Banco. Los oligarcas habían transferido a todo mundo a esta aglomeración, poco después de que compraron toda la tierra en Gran Bretaña.

Los avatares de Renee la guiaron a lo largo de un callejón que corría entre dos bancos de cápsulas: una arteria oscura y sombreada, donde todo parecía ser absorbido hacia un haz de luz distante. Las paredes mismas parecían el propio gabinete de la funeraria de Dios; una cuadrícula de rectángulos plateados rayados, se extendían hasta donde alcanzaba la vista. El piso relucía con la luz eléctrica. Hecho de antiguas losas de pavimento, se sentía demasiado limpio para su gusto. El cielo se veía increíblemente distante. La oscuridad era imposiblemente cercana.

£113,418.01

£113,418.02

La deuda de Renee aumentó en un centavo por cada veinte pasos que dio.

Ella avanzó con pasos grandes y limitados, para obtener el máximo beneficio de su dinero, atravesando los callejones a bastante velocidad:

"Lo quiero ahora, lo necesito ahora, lo exijo ahora, lo consumo ahora".

"*¡Debo trabajar, trabajar, trabajar! ¡No debo eludir, eludir, eludir!*"

"*El pájaro más rápido se lleva el gusano.*" Renee se adelantó.

La dureza respondía a la dureza. El smog cubría el cielo. La luz dormía, comatosa; aparentando estar en un mundo diferente, lejano, tanto como el momento en que estalló la vida.

Esto cegó a nuestra Renee y le hizo girar la cabeza. "*Debería girar a la izquierda hacia Oxford Circus*".

Renee giró a la izquierda, tropezó con I-Original y casi tropezó con un gato muerto.

I-Extra fingió una lesión e I-Green se estremeció. Renee golpeó al gato con su zapato:

"Maldita inútil I-Original. Es como si estuviera tratando de interponerme en mi camino. Debería haberme deshecho de I-Original hace años".

Renee había llegado a despreciar a I-Original. Era el primer avatar que había comprado, cuando tenía cuatro años. Si bien su personalidad se actualizaba constantemente, acumulando nuevos datos, basados en los pensamientos, las acciones y el discurso de Renee; su cuerpo había permanecido igual. I-Original tenía apenas noventa y siete centímetros de altura, con coletas y pecas. Se esforzaba por mantener el ritmo, y con frecuencia se metía entre las piernas de Renee. A pesar de que no podría hacer tropezar a nuestra Renee, o ser lastimada por ella, Renee todavía se sentía obligada a permitirle a I-Original su espacio. Era como si la moviera un deber de cuidar de su yo más joven.

¡Ella odiaba eso! Ella odiaba a I-Original. Era un recordatorio constante de lo débil y frágil que había sido alguna vez.

Inhaló un poco de gas y murmuró su mantra favorito: "Soy única, mejor que todos los I-Others".

Y luego:

"Mejor que mis avatares. Mejor que I-Original. Mejor que lo que era cuando tenía cuatro años. ¡Mejor que nunca antes!"

Esto mejoró el espíritu de Renee, aunque no pudo evitar dar un último reclamo a I-Original:

"Oh, sigue así, ¿vale? No tengo todo el día". I-Original saludó a Renee y se adelantó.

Pasaron por Russell Square, una extensión de concreto, oculta debajo de la Torre Nestlé. Aquella fábrica producía suficientes alimentos para alimentar a toda la población de Podsville, elaborando comidas sintéticas en cubas gigantes antes de entregarlas en drones.

Como la mayoría de los edificios en esta parte de la ciudad, la Torre Nestlé estaba cubierta de vidrio color aguamarina. Los paneles en la parte inferior brillaban tan intensamente que le provocaron a nuestra Renee un dolor de cabeza, pero se desvaneció conforme avanzaban. Cien pisos más arriba, la Torre Nestlé se volvía más negra que verde. Después de trescientos pisos, se perdía entre el smog que cubría Londres como si fuera una peluca: tóxica, tenue y grisácea.

£113,418.38

£113,418.39

Después travesó Montague Place, pasó por la casa de un oligarca, cuyo hogar anteriormente había sido el Museo Británico, y se burló de los otros avatares que pasaban por la calle. Renee ni siquiera miró esos avatares. No los escuchó, los tocó ni los olió. Ni siquiera podía estar segura de que fueran avatares, y no personas reales. Sus Plenses editaron su visión, haciendo que las personas se vieran como avatares, y los altavoces en su máscara de gas a menudo amortiguaban sus voces. Pero ella estaba vagamente consciente de su presencia, y estaba segura de que los odiaba a todos.

"¡Ese tiene barba!"

"¿Qué tipo de mujer se deja crecer una barba?"

"Este es todo fosas nasales y piel pegajosa".

"Es un cubo de sudor con nariz de jalea, si es que alguna vez vi uno".

"Y este: ¡está tan quemado por el sol que parece una naranja!"

"¡Infierno fluorescente en la tierra! ¡Zumo de naranja en las piernas! Oh Dios mío"

Lanzar insultos era el pasatiempo favorito de Renee, y era I-Special quien siempre la incitaba, describiendo los avatares de los que Renee se burlaba. I-Special nació cuando Renee estaba imbuida de superioridad moral, ya que Balfour Beatty la había nombrado *Trabajadora del Día* y el resto de ese sentimiento de superioridad persistía en su programación. Incluso lucía arrogante. Su cabello era de color dorado brillante, sus piernas arqueadas se estiraban tensas y su espalda se mantenía recta. Miraba hacia abajo a los otros avatares de Renee:

"Las cejas de ese parecen babosas gigantes".

"¡Como una enorme y grasienta babosa! Estúpido avatar".
"Lleno de luz caliente".
"Estúpida luz caliente".
"Con una boca de gusano y una mirada perversa".
"¡Perversa! Sí, ¡perversa!"

Oh, estás juzgando a nuestra Renee, ¿no es así? Estimado amigo, ¡creo que lo estás haciendo! Bueno, no la voy a defender. Su burla no es justificable. Pero intenta ver las cosas a través de sus ojos. Renee nunca había conocido a otra persona. Ella no sabía si tenían sentimientos, y no tenía idea de cómo hablar con ellos. Ella no estaba segura de si alguien estaba escuchando. Puesto que no podía escuchar a nadie más, asumió que estaban callados. Esto hizo que Renee quisiera ser ruidosa, ser diferente, como un verdadero individuo. Y, de cualquier manera, a ella no le importaba. Burlarse de los avatares la hacía sentir bien, lo cual le ahorraba una fortuna en antidepresivos. Ella pensaba que todos los demás hacían lo mismo, aunque no tan bien como ella. Ella tan solo decía en voz alta lo que la gente pensaba en su interior. Y algunos avatares realmente merecían las burlas. En estos días, los avatares son perfectamente extraños o extrañamente perfectos. No estoy seguro cuáles son los peores.

Mira este, de aquí. ¿Puedes verlo? No puedo sino reírme, con este pantalón de pana color marrón, atado con una cuerda, y estos zapatos que tienen más rasguños que el banco de un carpintero; con este rostro brillante de querubín, que no se ajusta mucho a su cuerpo, y esta trenza, que se balancea con cada movimiento.

Mientras que su torso estaba fijo en una posición rígida, su mano estaba dentro de sus pantalones, sacudiéndose de un lado a otro. La pana color marrón golpeaba como el latido de un corazón aterrorizado. Sus ojos brillaban con fervor lujurioso.

El viento parecía susurrar su nombre: "Rah... Rah... ¿Renee?"

Pero Renee no escuchaba. Estaba demasiado ocupada masturbándose ella misma.

"¡Se está masturbando en público! ¡Qué pervertida!" Atravesó Bedford Square, pasó el Monumento a la Mano Invisible, luego caminó por Tottenham Court Road y giró hacia Oxford Street.

Una vez considerada como el paraíso de los compradores, donde las deslumbrantes exhibiciones conquistaban a los peatones que pasaban, Oxford Street desde hacía tiempo que había sido devorada por el *West End Industrial Estate*. La última tienda cerró sus puertas cuando Amazon se convirtió en el minorista monopólico que vendía todo en línea y entregaba su mercancía por medio de drones. En estos días, no quedan tiendas en Londres. No hay pubs, cines o parques. No queda árbol alguno. Fueron retirados porque no generaban suficientes ganancias. Tampoco quedan pájaros. Estos se fueron porque no había ningún árbol.

En cambio, las calles están llenas de una infinidad de figuras coloridas, ya sean avatares o personas. Es una pena que Renee nunca los notara. Si me preguntas, en mi opinión todos se veían espléndidos.

Este estaba vestido como un gótico. Ese lucía como un hippy. Estos iban vestidos como mods, ciclistas, punks, hipsters, nerds, ravers, chicos rudos, surfistas, amantes del hip hop, rockeros, chicos glamour, skaters, soulboys y trekkies. Estos otros estaban iban arreglados como payasos, brujas, monjas, vampiros, dandis, deportistas y borrachos. Llevaban todos los colores existentes bajo el sol. Venían en todas las formas y tamaños. Todos eran verdaderos individuos, con su propio aroma único, corte de cabello, cirugía estética, estilo de caminar, modales y características.

Si visitaras esta encarnación posmoderna de Oxford Street, seguramente te sorprendería el absoluto esplendor de estas personas. Detrás de ellos, verías las viejas fachadas de ladrillo con las que tal vez estás familiarizado, conservadas para la posteridad, o para la nostalgia, o porque nadie se ha molestado en demolerlas. Y, elevándose por encima de estas fachadas antiguas, verías filas y filas de torres color aguamarina.

Cada torre tenía su propio sonido individual.

Las orejas de Renee fueron asediadas por el ruido de las máquinas para fabricar colchones en el Depósito Ikea, el golpeteo de las computadoras con números en la Torre Visa y el remachado de la Columna Samsung.

El ruido era incesante:
Click-Clack Tip-Tap Yip-Yap
"Los ojos de Renee son tan verdes".
"Este edificio fue construido por marcianos".
"Selena Frost ganó treinta y tres libras trabajando para Veolia".
"¡Dildos! ¡Dildos! ¡Dildos! ¡Compre un Conejo Rampante hoy!"
£113,418.64
£113,418.65
Renee había llegado a Oxford Circus.

***

La naturaleza del trabajo ha evolucionado a lo largo del siglo pasado. Los empleos de por vida fueron reemplazados con puestos de corto plazo. Los contratos sin horarios se convirtieron en la norma. Esos contratos se hicieron más cortos cada año y fueron desechados en el 2047.

Sin empleo garantizado, los individuos no tienen más remedio que buscar un nuevo trabajo todos los días; compitiendo con sus compañeros para ganar cualquier trabajo que los oligarcas estén dispuestos a darles.

Es por eso que Renee se encontraba aquí, frente al entrevistador de Podsicle.

Este avatar era un reflejo de los oligarcas propietarios de Podsicle Industries. Estaba programado para seguir las órdenes de aquel hombre, pero no para mostrar su humanidad.

Por favor, ¡no te dejes engañar! Los avatares de los oligarcas pueden extraer datos de los avatares de otra persona y usarlos para reflejar *su* personalidad. Pueden emitir instrucciones basadas en los objetivos corporativos de sus compañías. Pero no muestran personalidad o emoción alguna. Son puramente racionales y nada razonables. Hablar con el avatar de un oligarca es como hablar con una computadora. No puede considerarse un sustituto del contacto humano real.

Sin embargo, una cosa era cierta: el entrevistador de Podsicle era guapo, bastante guapo. El espécimen más fino que la humanidad nunca ha conocido.

Él reflejaba a un oligarca que debía haber sido construido a partir de músculos de lujo: pecho plano, hombros anchos y extremidades largas. Los ángulos más ásperos de su cuerpo parecían haber sido lijados, y suavizados. Su piel brillaba eran toda como terracota, seda y esmalte. Además, estaba terriblemente limpia, como si hubiera sido mimada, arreglada, cuidada y masajeada casi cada hora.

El comportamiento de este avatar transmitía un feliz sentido de supremacía inconsciente; reflejando a un oligarca cuya superioridad era tan natural para él, que no lo encontrarías en modo alguno engreído. Él simplemente *era* superior, así como un gato simplemente *es* felino, y un pájaro simplemente *tiene* alas. Era un hecho.

El entrevistador de Podsicle miró a la distancia, indiferente a la propia Renee. Los botones brillaban en su traje hecho a la medida. El simple hecho de estar en su presencia era suficiente para evocar el aroma de la menta y la miel.

Y era guapo. Oh, tan guapo. No puedo enfatizar esto lo suficiente.

El avatar registró los detalles de Renee, usando una versión aumentada de la propia voz de Renee:

"Renee Ann Blanca. Trabajadora 2060-5446. Tengo veinticuatro años. Deuda: £ 113,418.65. Ayer trabajé dos horas. Me masturbé a las siete con veintitrés minutos. Sólo comí una tostada para el desayuno".

Renee respondió como si no hubiera notado la buena apariencia del avatar:

"Presente".

Ella no dijo nada más. A Renee le cobraban veinte peniques por cada palabra que le dirigiera al avatar de un oligarca, y sabía por experiencia que agregar palabras superfluas no mejoraría sus posibilidades de obtener un empleo.

"En nombre del mercado, ¿Cómo eso va a suministrar suficiente energía para realizar una buena hora de trabajo?"

"Experiencia".

"Hmm, déjame echar un vistazo a los datos. Sí, los números muestran que este desayuno se ha consumido en dos mil sesenta y siete ocasiones. Se ha completado un promedio de dos horas y treinta y tres minutos de trabajo después de dicho desayuno, generando un salario promedio de veintiséis libras y trece peniques".

"¡Excepcional!"

"Puedo trabajar durante tanto tiempo, por tan poco".

"Soy la mejor empleada del mundo".

El entrevistador de Podsicle sonrió. Renee frunció el ceño.

"Una realmente debe trabajar duro. Se ha demostrado científicamente que, por cada diez calorías quemadas en el trabajo, se gana un salario que es lo suficientemente grande como para comprar al menos once calorías de alimentos".

"Ese avatar no merece encontrar trabajo antes que yo".

"Las tasas de natalidad subieron de nuevo la semana pasada".

"Invertiré ese ingreso en calorías. Proveerá combustible para más trabajo, lo que generará más ingresos".

"No hay mejor negocio que el de los Babytron".

"Entonces, ¿cuántas calorías puede quemar Renee para Podsicle Industries hoy?"

"Debería solicitar un trabajo con un Babytron".

"Mi deuda podría borrarse con 6500 pagos a Visa".
"Esta losa está hecha de jade".

Luchando para hacer frente a tal bombardeo de información, Renee solo pudo tartamudear:

"Mucho... Ah... Ah... ¡Todo!" y se estremeció.

"Ochenta peniques", pensó. "Eso es lo que me ha costado esta solicitud de empleo: ¡ochenta peniques! ¿Por qué tuve que decir 'Mucho'? Lo he arruinado ahora. 'Todo' era la respuesta correcta. Lo sabía. Simplemente lo sabía. Debería haber dicho 'Todo' para empezar".

Inhaló con fuerza su gas.

"Me pregunto si obtendré el empleo".
"Nunca se sabe cuándo se trata de algo bueno".
"Estaría mejor trabajando en otro lugar".

El entrevistador de Podsicle se detuvo, se mordió el labio inferior e hizo un sonido de "Hmm".

"Me temo que esta solicitud no ha sido exitosa. ¡Pero deberías estar orgullosa! Renee es mejor que el noventa y nueve por ciento de los entrevistados. ¡Felicidades! ¡Bravo!"

"Será un honor y un privilegio proporcionar algunos comentarios: este broche podría colocarse un poco a la derecha y estas piernas podrían sostenerse un poco más rectas. Trabaja en eso y siéntete libre de volver a aplicar en una hora. Eso es una hora. No treinta minutos. No dos horas. Una - hora - Renee".

"Por mi bien".
"¡Por mi bien!"
"Soy la mejor".

"¡Pfft! I-Original no es la mejor, viéndola bien. ¡Maldita sea! Me costó mi empleo y ochenta peniques".

Renee se rio con la risa insultante de un chacal e inhaló algunos antidepresivos.

Esto es lo que siempre hacía cuando no conseguía un trabajo: culpaba a sus avatares e inhalaba un poco de gas.

Culpar a sus avatares, incluso cuando ella tenía la culpa, era la torpe manera de Renee de asumir su responsabilidad personal. Ya que sus avatares eran copias digitales de Renee, culparlos era como culparse a sí misma. Era un proceso profundamente catártico, que le aliviaba sus nervios y calmaba su tensión emocional; permitiéndole aceptar sus fallas, mientras continuaba creyendo que ella era perfecta.

El acto de inhalar su gas inyectó una serie de antidepresivos en su torrente sanguíneo. La hizo sentir increíble y la puso en el estado de ánimo adecuado para solicitar otro trabajo.

Renee escribió con entusiasmo en su libreta holográfica: *Sostendré mis piernas un poco más rectas. Regreso en una hora. El trabajo de Babytron suena como algo para aficionados.*

Se acomodó su broche y se dirigió a Great Portland Street, donde fue entrevistada por uno de los avatares de Babytron. Solo que este avatar era una cosa en cuclillas, con una unidad de luz defectuosa y una cara holgada. Renee no le prestó atención. Ella solo pronunció dos palabras durante toda la entrevista, "Aprendizaje" y "Perfecto", y por eso solo se le cobraron cuarenta peniques. Pero su solicitud fue rechazada porque nunca había trabajado para Babytron antes y, por lo tanto, no tenía la experiencia requerida.

Solicitó otro trabajo en Microsoft. La caminata a su oficina le costó noventa y dos peniques solo en pasos, pero no pudo obtener el empleo.

Cuando regresó a Oxford Circus, la deuda de Renee había aumentado en más de cuatro libras. Aun así, ella no se sentía triste. Había tanta serotonina corriendo por sus venas, que, en realidad, se sentía bastante eufórica. Creía genuinamente que estaba a punto de obtener el empleo de su vida.

"Ah, querida Renee. Trabajadora 2060-5446. Deuda ahora de £ 113,422.93. He solicitado ya tres empleos. Caminé ocho punto tres kilómetros en una hora. ¡Bravo! Eso es impresionante".

Renee asintió. No deseaba emitir una respuesta verbal cuando no le habían hecho una pregunta.

"Parece que has obtenido un empleo. ¡Felicidades! Esto es lo que Podsicle Industries puede hacer por Renee: puede ofrecer una pasantía sin remuneración. No hay garantías, pero si el desempeño del interno se encuentra en los dos percentiles superiores, podría resultar en cinco horas completas de trabajo. Piénsalo".

Renee no lo pensó.

"¡Lo haré!" gritó. "¡Si, lo haré!"

Una libra y veinte peniques se sumaron a su deuda. Sus avatares aplaudieron.

El entrevistador de Podsicle continuó en un tono altivo:

"La pasantía se llevará a cabo en Dallington Street, en Clerkenwell. No en Dallington, Nueva Zelanda. Y no en la calle Darlington con una

"R". *Dallington* Street".

Renee escribió en su libreta holográfica: *Dallington Street. No en Nueva Zelanda. No con una "R"*.

"Pero apúrate. Esta pasantía no está garantizada. Las posiciones se otorgarán por orden de llegada".

Renee escribió: *Primero que llegue, primero que atienden. Apresúrate.*

Subrayó la palabra "Apresúrate".

"Oh", pensó.

"*¡Apresúrate!*"

"*Chop-chop.*"

"*¡Ese trabajador llegará antes que yo!*" Renee corrió.

Tomando esos largos y rápidos pasos característicos de ella, pasó por delante del Apple Dome y la planta procesadora de deudas del Banco de China, luego dio vuelta en Tottenham Court Road, perdió el avatar que estaba persiguiendo, dio vuelta en Bedford Square, y pasó el Monumento a la Mano Invisible. Se burló del avatar masturbador, aunque podía escuchar su nombre, "Rah... Rah... Renee", se convenció de que había sido así y volvió a entrar en Podsville, pasando frente a su cápsula casi tres horas después de haberla dejado.

Sus avatares brillaban, iluminando un camino a través de aquellos callejones laberínticos.

Salió de Podsville, bajó por Kings Cross Road, pasó por Johnson & Johnson Acre y llegó a Dallington Street.

Las torres de cristal se alzaban como estalagmitas demoníacas, aprisionando a nuestra Renee bajo el smog gris encima y el concreto gris debajo. Una pantalla tridimensional se alzaba sobre su cabeza; cuyos anuncios publicitarios cambiaban de rojo a verde y luego a azul. A un lado de la calle había una gigantesca letra "I", desgastada con el tiempo, que sombreaba la mitad del rostro de Renee. En el otro lado estaba el Imperio Podsicle; un gigantesco edificio, cubierto de millones de adhesivos, cada uno de los cuales decía: "Zona Libre de Humanos".

Renee jadeó, levantó los brazos hacia el cielo y dejó a sus avatares, quienes la animaban:

"*¡Lo logré!*"

"*¡Vamos!*"

"*Whoop-dee-doo*".

Sus avatares guiaron a Renee hacia el Supervisor de Podsicle; una copia al carbón del entrevistador Podsicle, con los mismos hombros cincelados y la piel brillante.

Mirando a la distancia, habló con una voz que no hacía nada para ocultar su falta de interés. Era como si estuviera siguiendo un programa de computadora que, por supuesto, era:

"Renee Ann Blanca. Trabajadora 2060-5446. Deuda: £113,424.73. Pulso: Noventa y cinco. Frecuencia respiratoria: treinta y nueve. Transpiración: cuatro. Calorías desechables: mil sesenta y siete".

Renee esperó más, pero este avatar tuvo una falla. Parpadeó, balbuceó, dijo algo inaudible y finalmente continuó:

"Esta pasantía incluirá una serie de tareas diseñadas para generar energía cinética para Podsicle Industries. Aquí en Podsicle, la generación de energía cinética se toma muy en serio".

Renee asintió.

"La pasantía consistirá en lo siguiente: tres mil saltos, dos mil saltos, mil tiradas y trece palmaditas".

"¿Trece?"

"Sí, trece. ¡Qué espléndido número de palmaditas en la cabeza! Renee no pasará la pasantía y recibirá una calificación de cumplimiento de cero si no se le da una palmadita en la cabeza exactamente trece veces. No doce veces. No catorce veces. *Trece veces*. Podsicle Industries tiene una política de tolerancia cero cuando se trata de insubordinación".

Renee asintió con entusiasmo.

"Ah, asiente con la cabeza. Sí, eso es bueno. Se añadirán dos puntos de bonificación a la puntuación de Renee. Bien hecho. ¡Bravo!"

Renee sonrió. Ya amaba este trabajo.

Por supuesto, ella no estaba produciendo nada de valor, pero Renee *nunca* había producido nada de valor. No tenía que hacerlo. En estos días, todo es producido por máquinas, automatizado por computadoras y transportado por drones. El trabajo existe para mantener a la gente ocupada; para asegurarse de que estén demasiado ocupados como para levantarse y derrocar a los oligarcas. Se supone que es una especie de desafío: la gente quiere trabajar más, para poder ganar más y luego consumir más. Quieren ser mejores que sus compañeros, encabezar las listas y ganarse los elogios de sus jefes. El trabajo debe ser adictivo: alimentado por el miedo al fracaso y estimulado por la prisa del éxito. También debe ofrecer a las personas la oportunidad de matar el tiempo para escapar de sus vidas, sentimientos y pensamientos. Pero esto no significa que sea productivo. ¡Oh no, estimado amigo, oh no!

Renee sonrió. Aliviada por haber encontrado un trabajo, soñaba con obtener una posición remunerada, y le preocupaba que su deuda se volviera inmanejable si no lo hacía.

Sus avatares contaron sus pasos. *"Setenta y tantos"*.

"Trescientos y pico".

"Seiscientos y mucho. ¡Yippee! ¡Miren como avanzo!" Renee habló para sí misma:

"Nada se puede lograr sin perseverancia".

"Una caloría quemada, es igual a dos calorías ganadas".

"Tengo que probarme a mí misma en el trabajo".

El sudor inundaba su blusa, manchaba el dobladillo y decoloraba su corbata holográfica. El ácido láctico corrió por sus venas. Sus músculos se contrajeron.

Después festejó:

"Sin dolor no hay ganancia". Y luego:

"Cuanto más dolor, más ganancia".

"Mil".

Renee realizó un salto mortal, inhaló, exhaló y comenzó a saltar entre un robot de carga y el Imperio Podsicle mismo.

£113,426.14

£113,426.15

Se le cobró un centavo por cada veinte saltos que completó. Para cuando terminó, había gastado una libra solo en esta tarea. Ella había gastado dieciséis libras desde que se había despertado, pero no había ganado ni un centavo. Su cuerpo estaba al borde del colapso y su mente estaba al límite, pero sus mantras la mantenían en movimiento:

"El trabajo duro es virtuoso".

"Soy tan virtuosa".

"Oh Dios mío".

"Soy tan majestuosa".

"Oh, me encuentro en el cielo".

Sus avatares aplaudieron mientras ella completaba sus sentadillas y sus palmaditas en la cabeza. También la alentaron mientras la guiaban hacia el Supervisor de Podsicle:

"Eso estuvo muy bien".

"Nunca había hecho sentadillas de esa manera".
"¡Nunca!, ¡y mis saltos! ¡Aleluya, me alabo a mí misma!"
"Oh, cállate, ¿sí? Querida, querida".

La fatiga había hecho que Renee se sintiera irritable, pero se sintió aliviada por su clasificación. Había ascendido más de un millón de lugares en la Tabla de empujes de sentadilla y entrado a los diez mil primeros en la Tabla de saltos, aunque su clasificación de adherencia se había desplomado como resultado de su salto mortal.

Al ver esto, Renee entró en pánico, inhaló algunos antidepresivos, exhaló y sonrió.

El Supervisor Podsicle frunció el ceño:

"Esta pasantía no ha tenido éxito. Renee Ann Blanca, trabajadora 2060-5446, fue mejor que el noventa y nueve por ciento de los pasantes, pero no llegó a los dos mejores percentiles. Sin embargo, Podsicle Industries es la mejor, mejor que el resto. Es genial, le ofrecerá a Renee otra oportunidad. Si Renee puede acudir con el entrevistador de Podsicle en treinta minutos, Renee ganará tres horas y media de trabajo remunerado. ¡Bien por mí!"

"Bien por mí".

"Soy la mejor".

Renee ya estaba corriendo.

Su visión estaba borrosa y comenzaba a tener deseos de vomitar. Tropezó varias veces, pero, aun así, continuó adelante:

"Me caigo siete veces, me levanto ocho".

Sacó de su bolsillo un tubo de sustituto de calorías medio vacío, abrió el compartimento de comida de la máscara de gas y comenzó a comer.

Cien calorías... quinientas... mil... dos mil...

Aquella pasta contenía todos los nutrientes que Renee requería, pero ningún sabor que pudiera considerarse agradable. No solo estaba lleno de calorías, sino que también era una rica fuente de proteínas, vitaminas y carbohidratos. Sabía a tiza y sal.

Renee se tomó unos instantes para digerir su comida, bebió un poco de agua de un estanque, se preparó, se recuperó y volvió a la carga.

***

"Renee Ann Blanca. Trabajadora 2060-5446. Edad: Veinticuatro. Deuda: £113,427.88. Pasantía completada. Llegó en veintinueve minutos y doce segundos. Calorías desechables: dos mil cincuenta y nueve".

"¡Ah! Qué espléndido. Sí, Renee es fantástica. ¡Bravo! Podsicle Industries se complace en ofrecerle a Renee tres horas de trabajo, por un pago más generoso de diecinueve libras y seis peniques".

Renee estaba tan emocionada que no se dio cuenta de que había perdido treinta minutos de trabajo. Saltaba de alegría, sonriendo con alegría, gritando y dando vueltas.

"Por favor, informe a Podsicle Palace, mi casa en Londres se encuentra en el cruce de The Mall y Constitution Hill. Eso es 'The Mall'. No 'The Hall'. No es 'La Escuela'. Es 'The Mall'".

The Mall, escribió Renee. *Constitution Hill. No el Hall. No es la Escuela.*

"La primera tarea de Renee será mover los muebles del Salón Amarillo al Salón Blanco. Eso es Amarillo a Blanco. No amarillo a verde. No blanco a azul. ¡Y ten cuidado! Estos son objetos valiosos. Este no es el tipo de trabajo que podría confiarse a una máquina".

Este era exactamente el tipo de trabajo que podía haber sido confiado a una máquina.

Salón Amarillo. Salón Blanco. No confíes en las máquinas.

"Cuando esta tarea se haya completado, se emitirá una tarea final".

Completada. Emitida.

"¿Bien? En nombre del mercado, ¿qué está esperando Renee?" Renee levantó la vista, se congeló, se descongeló y se fue.

Aceleró por Saint George Street, Bruton Lane y Berkeley Street, antes de llegar a las afueras de Podsicle Palace; un edificio histórico, con fachada de piedra de Bath y asfalto rojo, que había sido el hogar de varios monarcas británicos. Puede que lo conozcas mejor como el *Palacio de Buckingham*.

Las puertas se abrieron y Renee entró. Sin tener en cuenta todo lo que la rodeaba, se centró en sus avatares, así llegó al Gran Salón.

Una alfombra roja, del color de los órganos internos, estaba rodeada por un resplandor ámbar. Los enormes espejos reflejaban sus propios marcos dorados, majestuosos diseños en el techo y la luz atrapada dentro de un centenar de candelabros. Incluso los espacios en blanco parecían ligeramente amarillos.

Un aroma a humedad, que olía al pasado, se mezclaba con el aroma del popurrí de lavanda. Una aspiradora robótica se deslizó por el suelo. Un robot humanoide desempolvó una columna de mármol.

Renee se obligó a seguir adelante, antes de que sus ojos pudieran reconocer algo: "La pereza es un pecado mortal".

"Nunca dejes para mañana el trabajo que puedas hacer hoy".

"¡Oferta! Los colchones solo cuestan cien libras por metro cuadrado".

Renee repitió el eslogan corporativo de Ikea:

"El hogar es el lugar más importante del mundo".

Subió la Gran Escalera, bajó por un pasillo y entró en el salón Amarillo.

Sus avatares se iluminaron con flechas intermitentes, lo que la llevó a una pintura. Podía ver cada talla en el marco dorado a mano, pero no podía distinguir el retrato de la propia reina Victoria. Sus Plenses lo habían convertido en una imagen de Renee:

"¡Que belleza!"

"Soy una belleza. ¡Yippee!"

Renee quitó el cuadro, apresuradamente, haciendo que un poco de yeso se cayera de la pared.

"¡Hay, por mí, mi hijo y mi espíritu santo! Maldita seas I-Original. ¿Por qué tenía que ser tan apresurada?"

Le frunció el ceño a I-Original, frotó el yeso en la alfombra y aspiró su gas. Luego metió la pintura debajo de su brazo y se alejó al galope, sin darse cuenta de las estatuillas que asentían en sus nichos, o los dragones chinos cuyos cuellos sobresalían hacia ella. Corrió por el pasillo, sin darse cuenta de las puertas con espejos o los arcos de porcelana. No notó cómo la fragancia de esa galería se transformaba de jazmín a lirio y luego a almizcle.

Ella estaba concentrada en su tarea.

Las puertas del salón blanco se abrieron de golpe. Renee pasó junto a una puerta secreta, un piano dorado y varios sillones. Siguió a sus avatares hasta un gancho y colgó el cuadro en la pared:

"Las chicas agradables son las últimas en terminar. Este es un mundo de ganar-perder, bebé, y voy a ganar. ¡Voy a ganarme este trabajo!"

Ella se abalanzó, con rapidez, y volvió sobre sus pasos. Luego regresó, treinta y seis veces, cargando pinturas, adornos y sillas.

Le tomó dos horas Renee en total.

Verás, en esta Individutopia, cada uno mantiene su propio tiempo. Los días de Renee contenían veinticinco horas, una más de lo normal, ya que Renee se consideraba algo mejor que la gente normal.

Para compensar, cada hora Renee era ligeramente más corta que la mayoría de las otras horas. Esto tenía el potencial de causar confusión, pero a Renee no le importaba. Ella asumía que tenía razón, todos los demás estaban equivocados, y ella era muy especial por aguantarlos.

Sus piernas empezaron a dolerle.

Comió lo último que le quedaba del sustituto de calorías. Era algo riesgoso. Tomarse un descanso, incluso por un segundo, era considerado el más atroz de los crímenes corporativos. Pero había un espíritu rebelde en esta chica. Ella pensaba que podría salirse con la suya.

Colocó el último de los adornos encima de una chimenea y se dio la vuelta hacia el Supervisor de Podsicle. Este llevaba gemelos de rubí y una corbata de seda, lo que hacía que pareciera un miembro genuino de la clase aristocrática.

Renee no se dio cuenta. Estaba demasiado ocupada admirando sus propios pies.

"Renee Ann Blanca. Trabajadora 2060-5446. Edad: veinticuatro. Deuda: £113,430.31.

"La segunda parte de este trabajo es la siguiente: moverás los muebles del Salón Blanco de vuelta al Salón Amarillo, y los colocarás en la misma posición que antes. Eso es blanco a amarillo. No blanco a verde. No verde a azul. En la misma – exacta – posición".

Renee escribió: *Misma. Exacta. Posición.*

Ella estaba lista. Impulsada por su reciente ingesta de calorías y motivada por su nuevo desafío, de esta manera, devolvió los artículos en tres cuartos del tiempo que le había llevado mudarlos de lugar.

El Supervisor de Podsicle regresó:

"Este trabajo se ha prolongado setenta y siete minutos por encima del límite. Una penalidad de tres libras y veinte peniques se deducirá de la paga de Renee. Se deducirán otras dos libras y veintisiete peniques para compensar el daño causado a la pared".

"Podsicle Industries está encantada con el trabajo de Renee.

¡Bravo! Renee es increíble. Como recompensa, Podsicle le dará a Renee un vale con un valor de sesenta y ocho peniques. ¡Vamos Podsicle! Podsicle es el mejor".

Renee tiró un puñetazo al aire con deleite.

"El bono será emitido dentro de los diez años hábiles. ¡Por mi bien!"

"*¡Bien por mí!*".

"Soy la mejor".
"Un Mars al día, me ayuda a trabajar, descansar y jugar".
***

Renee no tuvo más remedio que volver a casa. No había lugares públicos para visitar, estaba oscuro y se sentía demasiado cansada para caminar mucho más lejos.

Las farolas se encendieron automáticamente, cobrándole un centavo por cada veinte segundos de luz. Era innecesario, sus avatares iluminaban el camino, pero no había nada que pudiera hacer.

La lluvia formó una neblina brumosa demasiado ligera para ser notada, pero demasiado omnipresente para dejarla pasar. Manchó las farolas sobre el fondo negro, lo que convirtió las bombillas en un espectáculo de luces y creó una galaxia de parpadeos en forma de estrella, incluso en medio de los charcos más pequeños.

Renee se burló de un avatar que, según I-Special, estaba escupiendo:

"¡Cerdo asqueroso!" Luego ella misma escupió.

Renee a menudo se comportaba así: escupía, ensuciaba, salivaba y estornudaba sin taparse la nariz. Podrías llamarla "Antisocial". Pero debes recordar que no hay tal cosa como la sociedad. Esta se había extinguido desde hacía varias décadas. Llamar a alguien "Antisocial" es en cierta manera como llamarle "Anti-Dodo" o "Anti-Azteca". No tiene mucho sentido.

Renee llegó a casa, se arrastró adentro y esperó a que su pantalla cobrara vida. Actualizó sus perfiles en línea, agregando su experiencia en Podsicle Industries, hizo una solicitud para veintitrés empleos diferentes y realizó una oferta para varios proyectos virtuales.

Superando a todos los demás trabajadores, finalmente había obtenido un empleo. A cambio de dos libras y cincuenta peniques, pasó la siguiente hora grabando un podcast sobre los drones de combate del Imperio Romano, creyendo que era una experta en este tema ficticio.

Su cabeza sobresalía. No había escapado a su orgullo.

Renee, que no descansaba en sus laureles, había invertido en su futuro. Gastó tres libras para completar un curso en Mumbo Jumbo, pero luchó para pasar la primera línea:

"El paréntesis del Galimatías imaginario establece que todas las cucharaditas son mayores o menores que todas las Visa, a menos que el colchón sea una ducha".

Leyó esta frase, negó con la cabeza, lo intentó de nuevo, pasó el dedo por la pantalla, se frustró, acercó la boca al respiradero, inhaló, exhaló, volvió a intentarlo, falló nuevamente, suspiró, revisó la compuerta e inhaló un poco más de gas. Repitió este proceso una docena de veces, sin llegar a la segunda línea.

Actualizó su CV:

"Experta calificada en Mumbo Jumbo".

Devoró un poco de carne sintética, elaborada a base de carne de rata, y algunos guisantes sintéticos, hechos de frijol de soya seco. Los acompañó con un batido de algas, para después finalizar con una barra de chocolate Mars.

Se meció mientras comía:

"Un Mars al día, me ayuda a trabajar, descansar y jugar".

"*Marte es un planeta*".

"*Los planetas están hechos de grandes trozos de chocolate*".

"¡Los terroristas! ¡Los I-Others quieren secuestrarme!"

Renee inhaló un poco de gas, abrió Alexa y ordenó sus compras: Otro tubo de sustitutos calóricos, cuyo costo era de cinco libras, una manzana sintética, un poco de paté proteínico y tres nuevos accesorios virtuales: Un broche con un adorno en forma de dragón, un pañuelo de seda y un par de mancuernas de rubí.

Su pedido llegó tres segundos después de haber sido completado:

"¡Tres segundos! La eficiencia del capitalismo de consumo nunca deja de sorprenderme. Cuando era niño, eso me había llevado ocho segundos completos. ¡Y ahora solo se necesitan tres! Quiero decir, wow. Eso es lo que yo llamo progreso".

Renee cerró tres veces la escotilla, se acostó, dudó de sí misma y volvió a revisar la cerradura.

Exhaló, sacó un conjunto de pedales de debajo de su estante, los puso en posición y comenzó a pedalear. Esto encendía las luces UV en el techo, que la bronceaban hasta dejarla crujiente.

Luego se aplicó un poco de crema blanqueadora de la piel para asegurarse de que no se oscureciera demasiado, se volteó, tocó su pantalla y creó dos I-Amigos; Copias animadas de ella misma, que solo existían en línea. Renee tenía miles de I-Amigos, a todos los cuales les gustaban sus tweets, compartían sus fotos y respondían a sus publicaciones en Facebook. La hacían sentir como si fuera la chica más popular en el mundo.

Pasó la siguiente media hora saltando de una actividad a otra, sin gastar más de tres minutos en cada una. Se lavó la cara, revisó Twitter, se limpió los calcetines, revisó Instagram, jugó un juego de computadora, se maldijo por no obtener el puntaje máximo, inhaló algo de gas, se envió un mensaje de texto, se envió un correo electrónico, observó cómo mejoraba su clasificación de correo electrónico, revisó la escotilla y leyó un libro electrónico, "La Reina Renee La Grande", el cual había sido especialmente escrito para ella.

Cada actividad le fue cobrada.

Bostezó, le envió a I-Love un abrazo virtual, recibió un beso virtual, cerró los ojos y se quedó profundamente dormida.

Estaba feliz.

Había ganado £ 13.59, después de las deducciones, por su trabajo con Podsicle Industries, y otras £ 2.50 por el podcast. Esto le daba un ingreso total de £ 16.09. ¡Un buen salario de hecho!

Había gastado £ 38.19, incluyendo £ 8.23 por el aire y £ 9.71 por los pasos. Ella consideró esto bastante intrascendente.

Renee no prestó atención a su deuda, que había aumentado en £ 24,60. Se centró en sus mejorías en los rankings, se acurrucó en posición fetal, abrazó su tostadora y se quedó dormida; segura de que pagaría su deuda en unos pocos años, compraría una cápsula y se retiraría cuando cumpliera sesenta años.

COMENZÓ CON UN DRAGON

"La realidad es una mera ilusión."
ALBERT EINSTEIN

Cierta vez, una chica peregrinaba a la catedral de Canterbury. Cuando escuchó a un caballo levantando el polvo mientras galopaba por el camino. Llamó al jinete, con la esperanza de que la llevara a un sitio:

"Hola. ¿Hacia dónde te diriges?" El jinete parecía confuso:

"¿Yo? ¿Qué a donde me dirijo? No tengo ni idea de hacia dónde me dirijo. ¡Deberías preguntarle al caballo!"

La chica abrió la boca para hablar, pero el caballo ya había salido corriendo.

***

Así era como Renee se sentía cuando una alerta de empleo la despertaba en mitad de la noche. Una de sus solicitudes había sido exitosa, lo que le dio una emoción momentánea.

Esta sensación no duró mucho. Su mente ya había sido consumida por el sonido de la imagen de un piano.

Para Renee, que nunca había visto un piano, esta imagen le parecía tan extraña, tan inesperada, que no podía concentrarse en nada más. Al igual que el jinete, que estaba sujeto a la voluntad de su caballo, nuestra Renee quedó cautiva por el misterioso funcionamiento de su mente subconsciente.

El piano era un objeto realmente bello.

Exceptuando sus teclas, era completamente dorado, con montajes de latón y patas curvadas y leoninas. Las partes no decoradas con tallas florales estaban cubiertas de diseños monocromáticos; monos en batas golpeando tambores; lagartos en chalecos, estando de pie; juguetones bailarines del viejo mundo, querubines alados y doncellas adornadas con guirnaldas.

"¿Qué es esto, y porqué lo estoy viendo ahora?"

Incluso los diseños resultaban peculiares para Renee, que no sabía nada de lagartos o monos:

"¿Qué?... ¿Donde?... ¿Por qué?... ¿Por qué me estoy imaginando estas cosas?"

Medio dormida y con los ojos nublados, buscó a tientas su broche; golpeando su muñeca contra la salida de aire y pegando su cabeza en el grifo.

El agua roció alrededor de la cápsula.

Renee cerró el grifo, encontró su broche, lo dejó caer, se frotó la cabeza y activó I-Green:

"¿Qué?... ¿Por qué?... Mesas con botones negros y blancos.

¡Madre dorada de I!"

I-Green no respondió.

I-Green seguía un programa de computadora, acumulando datos, basados en el comportamiento anterior de Renee antes de aplicarlos a la situación actual. Pero nunca había observado a Renee en tal estado, nunca la había visto ver tales imágenes y, por lo tanto, no tenía datos con los cuales construir una respuesta:

"Debo enseñarme nuevas habilidades cada noche. Los I-Others no descansan".

"Todas las cucharaditas son mayores o menores que todas las Visa".

"Mis niveles de dopamina se están agotando". Renee frunció el ceño:

"Repítelo".

"Mi dopamina..."

"Sí. Err... ¡Sí!"

Renee había configurado su respiradero para que suministrara una dosis más baja de antidepresivos mientras dormía, para ahorrarse dinero. Pero había sido despertada temprano, cuando el aire aún era ligero:

"Eso es: me falta medicación".

El piano acariciaba sus propias teclas.

Renee ajustó su suministro de aire, y sostuvo su boca contra el respiradero para inhalar.

La música tocaba, mezclando ritmos delicados y rimas refinadas. La imagen del piano comenzó a desvanecerse, los diseños pintados empezaron a desdibujarse y las tallas comenzaron a aplanarse. Todo era luz dorada. Pero, aun así, la música seguía sonando.

Una bestia mítica se materializó. Su largo cuello de reptil se agitaba de una manera a veces rápida y a veces lenta. Las escalas se transformaron en púas, que a su vez se transformaron en garras; Sin principio aparente, medio o final. Aún se reproducía la música. Pero ahora había dientes. Y ahora había una forma.

Renee reconoció la imagen:

"Pero, ¿dónde la había visto antes?"

"¿Visto qué?"

"Una bestia dorada con... Umm... Garras triangulares".
"Mi nuevo broche".
"Oh sí".

Renee abrió el broche virtual que había comprado la tarde anterior:

"Umm... Hmm... Bueno, sí. Eso lo explica todo". No era así:

"Pero, ¿por qué estaba viendo la imagen de un broche virtual? Tengo... Tengo... Oh diablos. Nunca antes me habían alterado las imágenes.

"¿Por qué ahora?... ¿Por qué aquí?... ¿Por qué esto?..."

"¿Por qué compré incluso un diseño tan peculiar? ¿Por qué? Eso no es propio de mí".

La imagen del dragón cambió a oro y apareció una nueva imagen. La visión de Renee fue consumida por una estatuilla que asentía. Luego una lujosa alfombra roja. Después una araña de cristal. Seguidamente mil lámparas de araña, que se reflejaban mutuamente.

Renee captó un aroma a popurrí, jazmín, lirio y almizcle: "¿¿¿Por qué???"

Acercó su boca al respiradero e inhaló tan fuerte como pudo: "¿Por qué, por qué, por qué, por qué, por qué?"

Se rasgó el cabello, se rascó el cuero cabelludo y observó cómo los adornos se convertían en sillas, luego se arqueaban y luego se transformaban en pinturas.

Aquello la impactó, como una bofetada en el rostro. Finalmente, vio algo que reconoció: un retrato de sí misma en un marco dorado: "Los grabados... Los contornos... Es tan... Umm... Familiar".

¿Dónde he visto esto antes?... ¡Sí! Umm... ¡Sí! Moví esto ayer en ... En... ¡En Podsicle Palace!"

"¡Podsicle Palace!"

"¡Sí! ¡Eso es!"

"¡Eso es!"

"La mesa con botones musicales, la bestia de la cola larga, la estatuilla que asiente, el esponjoso suelo rojo, la intensa luz blanca, las otras pinturas".

Todo se reducía a ese viejo chiste: Percepción sin conciencia. La mente consciente de Renee no había sido *consciente* de su entorno en Podsicle Palace, pero su subconsciente sí lo había *percibido*. Eso, al parecer, había sido suficiente.

Las imágenes empezaron a tomar forma. Renee observó el Gran

Salón en su totalidad. La alfombra, los espejos y los candelabros estaban todos en posición. La aspiradora robótica se deslizaba por el suelo:

"Pero es tan... tan... tan grande". Renee no podía creerlo.

I-Green sí pudo:

"*Podsicle Palace contiene ochocientas habitaciones, dos mil puertas y cuarenta mil luces. Sus pisos cubren setenta y siete mil metros cuadrados*".

La mandíbula de Renee quedó abierta:

"Setenta... Siete... Pero... ¿Cuántas cápsulas caben dentro?"

"*Veintinueve mil si se colocan lado a lado. Más de noventa y cinco mil si se apilan*".

"¿Noventa y cinco mil?"

"*Noventa y cinco mil trescientos tres*".

"¿Trescientos tres?"

"*Sí*".

Renee se tocó el labio inferior:

"¿Cuánto costaría comprar tantas cápsulas?"

"*Mi cápsula cuesta doscientas mil libras. Comprar noventa y cinco mil me costaría diecinueve mil millones de libras*".

"¿Y cuánto tiempo tendría que trabajar para ganar eso?"

"*Ganando dieciséis libras y nueve peniques por día, tendría que trabajar por más de dos millones de años*".

"¿Dos millones de años Renee?"

"*Sí. Tómate un descanso. Cómete un Kit Kat*".

"¡No puedo tomarme un descanso! ¡Necesito trabajar durante dos millones de años! Soy Renee Ann Blanca: La única, mejor que todos los I-Others. ¡Soy la mejor! Merezco lo mejor. Merezco Podsicle Palace. Debo tenerlo. ¡Debo tenerlo ahora!"

Renee sonrió con alegría:

"¡Lo lograré! ¡Voy a comprar Podsicle Palace!"

Renee se puso roja, tomó la tetera y la lanzó hacia la escotilla.

¡Smash!

"¡No puedo comprarlo! ¡No puedo!"

Trozos de tapa, base y carcasa cayeron sobre el edredón de Renee. El elemento calefactor rebotó en la pantalla, se volvió púrpura en el punto de impacto, luego azul, y luego negro. El cordón permaneció en su mano.

Su discurso era confuso:

"¿Qué más me he estado perdiendo?"
Se imaginó la Gran Escalera, el Salón Principal y el Salón Amarillo:
"¿Y eso que quiere decir?"
I-Green fue incapaz de contestar.
Renee fue asediada por una serie de pensamientos. Algunos los pronunció en voz alta, otros no. No podía estar segura de lo que estaba diciendo y de lo que estaba pensando:
"¿Cómo podría cualquier I-Other permitirse un palacio así?
¿Cómo podría trabajar durante dos millones de años? Posiblemente no podría haber trabajado más duro que yo, soy la mejor, entonces,
¿Cómo demonios lo compró? ¿Por qué yo no puedo comprarlo? Lo quiero. ¡Lo quiero! Oh, simplemente no es justo".
Se sorprendió por su propia negatividad.
Se estremeció, presionó sus labios contra el respiradero, aspiró con fuerza y gritó, histéricamente, como si hubiera sido golpeada por una revelación divina: "¡Responsabilidad personal!"
"El trabajo duro es la clave".
"La ociosidad es mala".
"Debo creer en mí misma".
"Lo haré. ¡Voy a trabajar por un millón de años!"
Renee sonrió positivamente. Su mejilla, la que no estaba hecha de plástico, cambió de beige a rosa y luego a magenta.
Apretó los dientes, se pasó las uñas por el colchón y gritó: "¡¡¡Aaaawww!!!"
Se había dado cuenta de ella misma:
"Estoy ganando menos de lo que gasto. Nunca pagaré mi deuda.
Nunca seré dueña de Podsicle Palace".
Su ignorancia no podía ayudarla. Su revelación la estaba devorando viva:
"¡No, no, no, no, no!"
Intentó darle sentido a su situación, gritando, pero se iba calmando con cada palabra:
"No hay otra manera. El asunto se acabó. Vivo en el mejor de los mundos posibles. Tengo gadgets geniales. Encuentro trabajo casi todos los días. Vivo en un país libre. ¡Soy libre! Tengo mi libertad, salud e independencia. Soy única. Soy yo ¡Yo, yo, yo!"
I-Green asintió:
"Eso es. Voy niña ¡Mírame! ¡vaya!"

"Necesito calmarme. Vamos, Renee, cálmate".

"No te preocupes por las cosas pequeñas. ¡Simplemente hazlo!"

"Sí, lo haré. Haré lo que sea necesario. No debería sobreestimar algo que es obviamente poco importante: estos hechos miserables, que me desprecian y me engañan. ¡Estos pensamientos!

¡Estos pensamientos son mis enemigos! No debería dejar que estos pensamientos extraños y ajenos contradigan lo que siempre he sabido que es verdad. No debería creer en estas imágenes de Podsicle Palace, que siguen cambiando, transformándose y moviéndose, por lo que no puede decirse que sean reales, si es que algo de esto es real. ¡No puede ser! La verdad es que es lo que era, no lo que parece. La verdad es lo que siempre ha sido. Es absoluta.

¡Yo soy la verdad! Necesito ser honesta conmigo misma. Para mí, la gloriosa de mí. Yo soy el camino, la luz y la verdad. Debería centrarme en lo que es importante. En el yo. Yo siendo mejor que lo que soy. Yo siendo mejor que el resto".

Renee observó el Salón Blanco en toda su deslumbrante gloria. Se encontró cara a cara con su elevado techo, cubierto de oro; con los querubines tallados, que revoloteaban sobre la moldura de la corona; y la alfombra, cuyos patrones zigzagueaban en círculos.

¡Todo se veía tan real! Renee estaba segura de que estaba parada en esa habitación, pasando la mano por la repisa de la chimenea e inhalando el aire perfumado.

"¡Y mi deuda!" Exclamó, como si descubriera una noticia impactante por primera vez.

"£113,438.49"

"Oh."

"Mi deuda podría borrarse con 6501 pagos diarios de veinte libras". Renee repitió el eslogan de Visa:

"En cualquier parte donde desee estar". Luego sacudió su cabeza:

"Seis mil... Seis mil y... Pero... Pero nunca podré..."

"Lo haré. ¡Puedo hacerlo!"

"¡No, no puedo! Gano menos de lo que gasto. No puedo hacer un solo pago. Esta vida no tiene fin. Sigue y sigue para siempre. Vueltas y vueltas y vueltas. Nunca pagaré mi deuda, nunca me jubilaré, nunca seré... Sé... Oh, es inútil".

Renee rodó hacia un lado y luego retrocedió. Apretó y abrió los puños, chasqueó los dedos de los pies y cruzó sus piernas.

Se levantó, acercó su boca al respiradero e inhaló tan fuerte como pudo.

Adentro. Afuera. Adentro.

Las inspiraciones profundas seguían a otras inspiraciones profundas, pero sus antidepresivos se negaban a surtir efecto:

"¿Por qué estoy teniendo tales pensamientos? Nunca antes había dudado de mí misma. Siempre he sido tan feliz".

"Seré feliz en todo momento".

"¡Estoy rompiendo mi propia regla! Pero, ¿por qué? Nunca rompo mis reglas. Oh yo. ¡Venga! ¡Anímate! ¡Sé fuerte!"

Pero no pudo hacerlo.

Las imágenes se arremolinaban alrededor de su mente. Sus pensamientos desfilaban con rapidez. Arañó su colchón y golpeó los costados de su cápsula.

Como si veinticuatro años de negatividad reprimida la hubieran golpeado a la vez, se encontró sin aliento, ahogándose en el aire ligero, incapaz de respirar:

"Voy a terminar esto. Voy a tomar la responsabilidad personal por mi vida. Voy a tomar la responsabilidad personal por mi muerte. Lo voy a terminar. Voy a terminarlo ahora".

Todo estaba claro.

Encendió su tostadora, la levantó, tomó su cuchillo y lo levantó por encima de las mandíbulas abiertas del aparato.

Su corazón latía con fuerza:

Boom-bam. Boom-bam. Boom-bam.

El tiempo se ralentizó. Los ojos de Renee se estrecharon. La luz se atenuó:

"Ahora soy libre. Bienaventuradamente libre".

Su cuchillo se movió lentamente, constantemente, acercándose cada vez más al componente de la tostadora.

Miles de voltios de EDF estaban listos para sacudir el cuchillo de Renee, impactar sus dedos y derivar cada electrón en su cuerpo; causando suficiente fricción como para provocar un espasmo en su corazón, hacer que sufriera un ataque cardiaco y llevar su vida a un final prematuro.

El cuchillo se acercó. La mano de Renee parecía flotar. Ella entrecerró los ojos. I-Green cerró los ojos.

El cuchillo estaba a solo cuatro centímetros del impacto. Solo tres. Sólo dos. Solo uno...

La tostadora brillaba.

Aquí había un chispazo de electricidad. Aquí estaba una muestra del más allá. Aquí se ponía fin al sufrimiento y la duda.

Las pestañas de Renee se tocaron. Se estremeció.

Hizo una pausa.

Impulsada por una especie de sexto sentido, Se apartó, arrojó el cuchillo sobre su hombro e inspeccionó la escena.

Era el respiradero.

Allí, en la esquina, se había doblado el tubo que dispensaba los antidepresivos de Renee. Parecía gastado, como si hubiera sido doblado varias veces, o golpeado con bastante fuerza.

Renee notó la sangre saliendo de entre sus nudillos:

"Debo haber golpeado el respirador al buscar mi broche para el cabello".

Se revolvió en su cápsula, tomó su cuchillo, lo encajó en la boquilla, lo sostuvo y lo giró para abrirla. Inhaló por el respiradero por diez segundos completos, exhaló e inhaló de nuevo.

No se detuvo.

Sus músculos se relajaron, se contrajeron y luego se relajaron. Sus manos hormiguearon. Su lengua sabía a azúcar. Se sentía ligera, vacía, feliz y libre.

Sus párpados se cerraron con movimientos deslizantes. Comenzó a sudar profusamente.

Se quedó inconsciente, pero no antes de recordar una historia que se había contado a sí misma muchos años antes:

"Espera... Cuando un I-Other deja de tomar su gas, *siempre se mata*. ¡Siempre! Eso sucede cuando no consigue trabajo y, por lo tanto, no puede pagar su medicación. Siempre. ¡Siempre!"

Esto inspiró un pensamiento final:

"He tenido una experiencia horrible. Mi mente no era mía. Pero no me quebré. Donde los I-Others hubieran vacilado, salí adelante. Diagnostiqué el problema, encontré una solución y sobreviví. Soy mucho mejor que los I-Others. ¡Soy una auténtica heroína!"

Renee se centró en este pensamiento, a la vez que cada imagen del Palacio Podsicle. Cada araña, espejo y alfombra; era sacado de su mente en un fantástico vórtice de luz.

Todo era color negro sólido. Todo estaba silencioso.

Todo estaba inmóvil.

***

CLASIFICACIÓN GENERAL: 87,382° (Bajó 36,261)

Renee se despertó con un dolor de cabeza sordo. Su cerebro latía, golpeando contra el interior de su cráneo. Se levantó, levantó su colchón y vomitó en el sumidero.

Su mejilla buena se contrajo, espasmódicamente, sin ningún patrón discernible; estremeciéndose tres veces, descansando, subiendo lentamente, cayendo rápidamente, esperando, sacudiéndose, temblando, y vibrando con un latido roto.

Ella se estremeció. Los vellos de sus antebrazos se erizaron.

Recordaba vagamente haberse despertado, tener algunos pensamientos extraños, inhalar su gas y quedarse dormida. Pero no podía recordar por qué se había despertado tan temprano, o la naturaleza de sus pensamientos. Su experiencia había sido tan inusual, tan traumática, que su cerebro la había bloqueado:

"Dolor de cabeza".

"*Síndrome de la serotonina*".

"*¿Sero qué?*"

"*Inhalé demasiado gas en una corta ráfaga*".

"Oh. Creo que lo he hecho antes".

"*Setenta y cinco veces. Soy la mejor. ¡Puedo inhalar una gran cantidad de gas a la vez!*"

Renee tiró de la cuerda del desagüe para limpiar su vómito y volvió a colocar el colchón en su lugar. Este aterrizó con un ruido sordo, causando que algunos fragmentos de su tetera rota rebotaran: "Eso es extraño... me pregunto... Hmm... deben ser I-Others".

"*Los I-Others quieren robarme mis preciosas posesiones*".

"Sí... Eso es... ¡Los I-Others quieren mi tetera!"

Renee se abalanzó hacia la escotilla y tiró de la cerradura, solo para descubrir que estaba cerrada. No podía creerlo. La desbloqueó y la volvió a bloquear cuatro veces, antes de acunar su cabeza entre sus manos.

Notó la oferta de trabajo en su pantalla.

A medida que el temporizador avanzaba, la tasa de pago bajaba. El trabajo valía actualmente una libra y diecinueve peniques, pero estaba cayendo por un centavo por cada diez minutos que pasaban. A pesar de la baja remuneración, Renee todavía se sentía obligada a completar la tarea. Ella había hecho un compromiso al solicitar ese trabajo y se sentía obligada a cumplirlo.

Se saltó el desayuno y comenzó a escribir un informe para Podsicle Estates, escribiendo mientras I-Green dictaba:

"*La mesa con teclas fue encargada por la reina Victoria en 1856.*

Apoyada en patas curvas, estaba decorada con imágenes de bestias peludas. Tanto el príncipe Alberto como Scooby Doo la usaron para componer piezas musicales. Podsicle Estates la compró por dieciséis millones de libras".

La idea de que un simple objeto pudiera valer tanto causó a Renee una breve punzada de incomodidad. Ella no podía comprender esta emoción fugaz, la cual se desvaneció tan pronto como inhaló, y no volvió a pensar en ello.

Envió un correo electrónico a I-Research, un I-Amigo que usaba para rastrear Internet y así obtener información. Envió un mensaje de texto a I-Data, I-Analysis e I-Clever, esperó sus respuestas, los ignoró, inventó alguna información nueva y asintió con alegría.

Estaba orgullosa de su trabajo.

Cerró I-Green, abrió I-Sex y completó su rutina matutina. Estaba lista para enfrentar el día.

***

Mientras Renee esperaba el ascensor, se sorprendió por la posición hundida del sol. Su luz parecía cortar el cielo, creando un plano horizontal, que se cernía sobre su cuadra, sin entrar en Podsville.

"*Informe completado con éxito. Me han pagado una libra y ocho peniques. ¡Bien!*"

"*Oh, me encanta mi broche. Qué diseño tan extraño*".

"*Para obtener un empleo, debería dirigirme a Russell Square*".

"*Los inmigrantes quieren robarme mis preciosas posesiones*".

"*¡¡¡Cierra bien la escotilla giratoria!!!*"

Renee inhaló con fuerza, cerró la escotilla, la giró, la aseguró con una llave, la bloqueó con un código de seguridad, agregó un candado y un seguro para bicicleta:

"Ah, sí. Creo que me dirigiré a la Torre Nestlé".

"*Excelente plan*".

"*¡Como para chuparse los dedos!*"

Tomó el ascensor, atravesó Podsville, repitió algunos mantras, pateó al gato muerto, escuchó algunos anuncios y llegó a Russell Square.

Sus avatares no pudieron localizar al entrevistador de Nestlé: "*Las entrevistas comenzarán en una hora*".

"*Debería usar ese tiempo para buscar otro trabajo*".

"*Perderé mi lugar en la cola*".

"*Debería quedarme*".

"*¡Magnífica idea!*"

"Bueno sí. *Soy* bastante magnífica, supongo".

Renee se quitó el broche y lo usó para tomarse una selfie. Inclinó la cabeza, hizo un puchero con los labios y se tomó otra. Se acostó, arqueó la espalda, miró hacia otro lado y se tomó una tercera. Se levantó, se inclinó hacia delante, se puso el pie detrás de la espalda y se tomó una cuarta.

Después de que se tomó diez selfies, las editó, aplicó filtros y las publicó en Facebook, Instagram y Twitter.

Leyó las respuestas de sus amigos:

"*Oh, mi Renee. ¡O.M.R.! Quiero decir, me gusta, ¡¡¡wowza!!!*"

"*¡Rayos! Me encantaría un poco de ese culo*".

"*¡Yum! x*".

Renee recibió miles de "me gusta", cientos de corazones y varias caras sonrientes. Extendió sus piernas, se tomó otra selfie y luego se tomó cien más.

***

La noche había descendido cuando apareció el entrevistador de Nestlé. El smog se había mezclado con la oscuridad cósmica, formando una mezcla de remolinos negros y grises. El suelo brillaba.

El entrevistador de Nestlé tenía una barba que había sido cortada y modelada en forma de un domo rígido, como si más que una barba, fuera un accesorio facial. Este avatar era de hombros anchos, corpulento, hinchado, grueso y ligeramente purpurado.

Le echó un vistazo a Renee, pronunció ocho palabras y desapareció:

"No me gusta el aspecto de este solicitante". Renee apenas podía hablar:

"No... Me gusta..."

Ella se dobló, casi se ahogó, casi se tragó un poco de flema, inhaló un poco de gas e inmediatamente se sintió mejor. leyó algunos comentarios en Instagram, e inmediatamente se sintió animada.

Tomó algunas notas: *Debo cambiar de apariencia al solicitar trabajo en Nestlé. ¡Voy a conseguir un empleo!*

Animada por este repentino estallido de positividad, regresó a casa; segura de que podría pagar su deuda, comprar una cápsula y retirarse cuando cumpliera sesenta años.

£113,451.59

£113,451.60

Su deuda había aumentado en dieciséis libras y ochenta y ocho peniques.

LA IGNORANCIA FUE UNA BENDICIÓN

"Si piensas que la aventura es peligrosa, prueba la rutina. Es mortal."
PAULO COELHO

¿No te sientes a veces como si fueras una máquina, repitiendo la misma vieja rutina, día tras día, sin dejar de preguntarte por qué lo haces?

Así es como veo a Renee.

La veo despertar. Con un poco de lagañas cristalizadas adheridas a su ojo. Un día, está de color ámbar pálido. Y otro día, es de color mandarina.

Miro sus rizos color marrón dorado mientras gira. Escucho sus mantras.

Ella se sobresalta y exclama:

"Ah sí, los plátanos son rojos".

"Ah sí, las ranas tienen alas".

"Ah sí, ¡BODMAS!"

Casi puedo olerla. ¿Y tú? Por supuesto, el aroma a jamón podrido y a estiércol contribuyen poco a alimentar una conexión, pero el olor a canela ya me recuerda a ella. Es *su* olor, después de todo. Cada vez que bebo un *latte* sabor canela, inmediatamente pienso en Renee. Tal vez a ti te ocurre lo mismo. Me gustaría pensar que es así. ¡Por favor! La próxima vez que encuentres un olor a canela, piensa en nuestra heroína.

Prefiero no mirarla cuando se masturba. Estimado amigo: ¡Un hombre debe tener cierto decoro! Y sin embargo siento que debo hacerlo. Siento que debo seguir mirándola, paralizada, mientras se viste, se maquilla, come, se mece, sale, cierra la escotilla, atraviesa la ciudad, solicita un empleo, solicita otro, retoca su maquillaje, se toma algunas selfies, obtiene un empleo, completa ese empleo, se burla de un avatar, toma una foto a I-Original, vuelve a casa, come, compra y se va a dormir.

Esto no quiere decir que cada día sea igual. ¡No! ¡Oh no! Cada día es único. *Todos* y *cada uno* son completamente únicos.

Renee se aplica diferentes maquillajes, de distintas maneras, todos los días. Sus accesorios nunca son los mismos. Ella siempre aplica para diferentes empleos y trabaja en lugares distintos.

Un día, ella obtiene tres empleos. Otro día, no encuentra ninguno. Ella se acerca a los lugares donde pueda haber trabajo, donde se anuncien vacantes o donde ya ha encontrado trabajo antes. Se le dice que espere o que se vaya, o que complete un formulario. Se le entrevista. Se le rechaza o se le recluta.

Nestlé le ofreció un empleo, al quinto intento de solicitud, después de que ella ajustó su apariencia de varias maneras diferentes. Ella pasa ocho horas al día destruyendo comida que le encantaría comer, pero que nunca podría costear; salivando, y luego inhalando sus antidepresivos. No está muy segura de por qué está haciendo esta tarea, pero está feliz de saber que lo está haciendo bien y sueña con que su trabajo será recompensado.

Ella encuentra un trabajo en un call center, hablando con computadoras insatisfechas. Tiene que sonreír tan fuerte, durante tanto tiempo, que su mandíbula comienza a dolerle. Luego esta no se abre por otros dos días.

Pasa un día doblando papel, varias horas buscando a Pie Grande y en un turno particularmente lento trabajando como asistente en un baño abandonado. Clasifica las diferentes rocas en una mezcla de grava, y luego las mezcla de nuevo. Supervisa a algunos robots que se niegan a reconocer su existencia. Pasa una hora moviendo datos entre hojas de cálculo. Pasa una mañana boca arriba, permitiendo que su barriga se use como plataforma de lanzamiento para drones. Pasa una tarde repitiendo la frase, "Intente apagándolo y volviéndolo a encender". Se para en una esquina, con un cartel que dice "Venta de golf - Gire a la izquierda". Camina alrededor de una fuente, para comprobar que no está en llamas. Camina por una carretera, para comprobar que existe.

Elabora anuncios que alientan a los consumidores a comprar accesorios que no necesitan, ropa que no pueden comprar y cosméticos que nadie notará. Luego ella compra algunos accesorios, ropa y cosméticos; gastando mucho más de lo que le han pagado.

En estos dos días, ella gana más de lo que gasta. En este día, ella gana treinta y cinco libras. Su deuda se filtra hacia arriba, pero lo hace a un ritmo más lento. Es como si estuviera siendo recompensada por no volver a cuestionar el sistema; por ser lo suficientemente inteligente para trabajar, pero no lo suficientemente inteligente como para cuestionar por qué. O, de nuevo, tal vez no sucede así. No debería hacer afirmaciones sin fundamento. Estimado amigo: Me

disculpo. Uno no debe dejarse engañar por las teorías conspirativas.
***
Renee experimentaba más actividad neuronal cada vez que se dormía. Rígida e inquieta, comenzó a levantarse más temprano, cuando el aire aún era ligero.

Sin medicación, podía sentir que algo le faltaba, pero no podía estar segura de qué era.

Era una sensación extraña:

Una parte física, le producía ligereza en las manos y un dolor sordo en los oídos. Ella era sensible al sonido y sufría de dolores de cabeza.

Una parte mental, la hacía desear formular preguntas que no podía entender. Era como si algo estuviera escondido dentro de ella, pero ella no sabía qué era, dónde estaba o qué tenía que hacer para sacarlo.

Ella simplemente se giraba al respiradero e inhalaba. Así, sus preocupaciones se alejaban.

Pero esto no quería decir que ella era feliz, simplemente estaba adormecida. Necesitaba sus antidepresivos, tanto como necesitaba el aire y el agua, pero estos no le producían ninguna alegría.

Con esto en mente, volvamos con Renee aquí, en esta vaporosa mañana de albaricoque. Este floreciente, etéreo, día de abril.

En el exterior, una lluvia fina y ácida se levanta del suelo y forma una neblina de aspecto parecido al del algodón. El aroma almibarado del alquitrán mojado es ligero y sin pretensiones. Ondas de luz brillan en el aire.

En el interior, nuestra Renee está en su propio mundo; indiferente al fluir de las olas o al cambio de estaciones; El viento, la lluvia y las nubes…
***
£113,518.03
£113,518.04
CLASIFICACIÓN GENERAL: 87,382° (Bajó 36,261)
Clasificación del Sueño: 26,152,467° (Bajó 7,251,461)
*** 25,161,829 lugares por debajo de Paul Podell ***
"¡Diablos!"

Renee sacudió las piernas, se frotó la frente y se volvió hacia el respiradero.

Estaba a punto de inhalar, cuando vislumbró un pedazo de su

tetera rota:

"Pero... No... No puede ser... Tiré mi tetera al callejón..."

La recogió, la colocó entre sus dedos y la estudió con los ojos: "¿Por qué? ¿Por qué se rompió mi tetera? ¿Por qué? *Algo* debió haber sucedido".

La dejó y se dirigió hacia el respirador:

"¡No! Nunca lo resolveré si me drogo. Necesito mantener la cabeza despejada. Necesito ser fuerte".

Se pellizcó el muslo:

"Sin dolor no hay ganancia. ¡Cuanto más dolor, más ganancia!".

Sintiéndose con náuseas, se apoyó en el estante y se volvió hacia el respiradero:

"¡No! Se fuerte, Renee, se fuerte".

Se incorporó, colocó la cabeza entre las rodillas, se puso los dedos sobre las sienes y trató de pensar:

"¿Qué ocurrió? ¿Por qué no puedo recordarlo? ¿Qué significa eso?"

No era una buena señal. Activó a I-Green.

"*Puedo decir que va a ser un gran día. ¡Será fabuloso!*" Renee se estremeció:

"No... Solo... 'No'... Algo no está bien".

"*No te preocupes por las cosas pequeñas*".

"¿Las cosas pequeñas? Este podría ser el mayor problema que haya enfrentado".

"*¡Cálmate y solo hazlo!*"

"¿Cálmate? ¿Solo hazlo? ¿Cálmate?"

El que le dijeran que se calmara puso a Renee aún más ansiosa que antes:

"¿Por qué no estoy tranquila? ¿Alguna vez estaré tranquila? ¿Merezco estar tranquila? ¿Es importante estar tranquila? ¿Qué es importante? ¿Hay algo importante? ¿Algo importa? Me importa.

¿Importa la tetera? ¿Por qué se rompió la tetera? ¿Por qué no puedo recordar? ¿Por qué soy tan inútil? ¿Por qué estoy llena de dudas?

¿Por qué estoy rompiendo mi mantra: 'Seré feliz en todo momento'?

¿Por qué, oh, por qué, oh, por qué?"

Renee frunció el ceño ante I-Green por primera vez en su vida: "¿Calmarme? ¿Cómo puedes decirme que 'me calme'?"

Recordó el día en que I-Green fue creada; aquel día del nuevo peinado, cuando ella ganaba más de lo que gastaba y podía comer tostadas con queso para la cena.

Su angustia habló más fuerte que sus palabras: "¡Oh, pero qué esperanza tan infantil!"

Ella pensaba que aquel día marcaría el comienzo de algo especial. Ella creía que continuaría para conseguir más trabajo, ganar más dinero, liquidar su deuda, comprar una cápsula y comer tostadas con queso todos los días:

"¡Y ahora mírame! ¡No he comido tostadas con queso en años!"

Miró a I-Green, se miró a sí misma, se dio cuenta de cuanto había envejecido y lo poco que había logrado.

"*¡Oferta especial! Si compro diez colchones obtendré una rebaja de la undécima parte del precio. ¡Vamos Renee! ¡Vamos!*"

Ella se puso roja:

"¡No he logrado nada! Quiero mi propia cápsula. Quiero once colchones. ¡Quiero tostadas con queso para la cena!"

Se arrojó hacia el respiradero:

"¡No, Renee, no! Debe haber más que esto. Estos pensamientos ... Nunca he... Eso y debe significar algo. Mi tetera... Este plástico ... Hay... Hay algo que necesito saber".

"*La Universidad de Wikipedia tiene cursos sobre todo lo que necesito saber. Suscríbete hoy por solo £ 49,925 al año*".

"No eso no es".

"'*It (Eso) es una novela de Stephen King*".

"¡No, no, no! Es uno de mis mantras. Estaba pensando en uno de mis mantras".

"*Soy lo que poseo*".

"No".

"*Demasiado de algo bueno puede ser maravilloso*".

"No".

"*Seré feliz en todo momento*".

"No. Oh... espera... ¡Sí! Estoy rompiendo mi propia regla. No he hecho eso antes. ¿O sí? ¿La tetera? No. Sí. Hmm ¡La tetera!"

Renee saltó hacia la escotilla, comprobó la cerradura, la abrió, la cerró y ató una blusa al mango.

Se cubrió la cara con maquillaje, apresuradamente, corriéndose el rímel por las mejillas y colocando una pestaña virtual en la mitad de la frente:

"No me creo, ¿verdad?"

"Creo todo lo que digo. Soy tan perfecta".

"Pero no lo soy, ¿'Perfecta' yo?"

Renee no podía creer lo que estaba diciendo. Un dolor punzante cruzó sus costillas, su cabeza se inclinó hacia delante y su mandíbula se aflojó.

I-Green colapsó. Incapaz de procesar la información que había recopilado, se volvió azul, se comprimió en una forma bidimensional, se hinchó y se apagó.

"Bueno, soy perfecta, no seamos melodramáticos. Pero no soy tan perfecta. Soy demasiado modesta para creer eso".

Renee contó hasta diez, tocó la pantalla y esperó a que I-Green se reiniciara:

"¿En dónde estaba?"

"Mi cápsula está ubicada en el nivel..."

"No, no, no. ¿Qué era lo que estaba diciendo?"

"Estoy rompiendo mi propia regla. No había hecho eso antes."

"¿O sí?"

"¡Lo he hecho! Eso debe ser. Debo haber estado infeliz. ¿Por qué otra razón rompería mi tetera? Debo haber mirado a I-Green, me di cuenta de lo poco que he logrado, y perdí los estribos".

"Debo tener",

"De hecho, debo tener. Por tanto, debo trabajar más duro. Debo trabajar más. Debo poder comprar mi propia cápsula. Debo poder comer tostadas con queso para la cena".

"Debo asumir mi responsabilidad personal".

"Debo confiar en mí misma".

"¡Solo hazlo!"

"¡Lo haré!"

***

Todavía estaba oscuro cuando Renee se arrastró hacia el exterior. Aquellos altos muros de Podsville estaban cubiertos de agua aceitosa: caqui, azulada y bronce. La escarcha brillaba en el aire. La contaminación del aire ocultaba las estrellas.

La máscara de gas de Renee suministraba una dosis más alta de antidepresivos que el respiradero en su cápsula, pero su respiración era ligera y, por lo tanto, no tuvo un efecto inmediato.

"Los desempleados se están aprovechando de mi duro trabajo".

"¡Vagos chupadores de sangre!"

La sola idea hizo que Renee echara humo. Las hormonas del estrés fluyeron por sus venas y casi la hicieron tragarse un poco de gas.

Sus avatares repitieron sus palabras:

"¡No! Necesito mantener la cabeza despejada".

"Cuanto más dolor, más ganancia".

"Para encontrar trabajo, debo ir al Apple Dome".

"Los desempleados quieren quitarme mis preciosas cosas".

"¡¡¡Cierra bien la escotilla giratoria!!!"

Renee estaba a punto de inhalar algunos antidepresivos. Ella siempre inhalaba su gas cada vez que I-Special decía "*¡¡¡Cierra la escotilla giratoria!!!*"

"¡No, Renee, no! ¡Simplemente no!"

Sus músculos se convirtieron en roca. Contuvo el aliento, se sostuvo de las barandillas, contó hasta tres y exhaló:

"Bien, bien. Todo va a estar bien".

Temblando, con lágrimas en los ojos, le tomó varios intentos para cerrar y asegurar la escotilla:

"El Apple Dome... quiero decir... Sí... Tal vez... ¡El Apple Dome!"

Las piernas de Renee se habían convertido en gelatina. Se sujetó de las barandillas mientras descendía el ascensor, y acariciaba las paredes mientras caminaba por Podsville.

Había sido poseída por la paranoia:

"¿Los avatares me están mirando? ¿Están los *I-Others* mirándome fijamente? ¿Qué pasa si mis rodillas se doblan? ¿Qué pasa si no encuentro trabajo? ¿Qué pasa si me roban el colchón?

¿Qué pasa si no puedo pagar mis tostadas con queso? ¿Por qué me preocupo tanto? No es normal. ¡No está bien!"

Salió de Podsville y pateó a un gato muerto, que había adquirido una apariencia hinchada.

La espuma goteó sobre el zapato de Renee. "Maldita bestia".

"¿Qué clase de matón deja una bestia en medio de la calle?" "Un tonto".

"Un cretino". "Un sapo".

Renee se golpeó su dedo del pie con una losa de pavimento desigual:

"¿Que idiota hace eso?"

"Yo nunca haría eso".

"Soy la mejor".

Renee se sintió sensacional por dos segundos enteros. Luego, sus dudas resurgieron:

"¿Soy la mejor? ¿Soy perfecta? ¿'Tan' perfecta? ¿Podría andar por un mejor camino? ¿Podría incluso hacer un camino? ¿Por qué no he hecho un camino? ¿He hecho algo? ¿Por qué no hago cosas?

¿Lo que hago realmente importa? ¿Por qué estoy viva? ¿Por qué, oh, por qué, oh, por qué?"

Ella olvidó cada pregunta tan pronto como la hizo. Sin embargo, el sordo golpe de la duda se prolongó. Se sentía rota, como si la hubieran dividido en cientos de pequeñas piezas y nunca más pudiera unirlas de nuevo. Cada escena parecía más pronunciada. Este hormigón gris, aquí en Russell Square, parecía luminoso y brillante. Esta pared negra, por el antiguo Museo Británico, parecía poseer su propia atracción gravitacional. El rugido industrial de la planta de motores Boeing sonaba como un estampido sónico. El susurro de su nombre, "Rah... Rah... Renee", casi estaba registrado en su conciencia. La cerca se sentía tan áspera como el papel de lija. Mientras que las ventanas olían a gas de cloro.

Sí, a pesar de su hipersensibilidad, Renee se sentía extrañamente desconectada:

"¿Estoy incluso aquí? ¿Estoy en cualquier lugar? ¿Existe realmente algo?"

El cielo se veía increíblemente grande. Esta callejuela parecía increíblemente estrecha. Sus avatares parecían demasiado huecos para ser reales.

Mentalmente angustiada y físicamente agotada, se inclinó, se llevó las manos a las rodillas y comenzó a jadear. Sin darse cuenta de lo que estaba haciendo, inhaló una gran dosis de gas.

Sucedió con velocidad supersónica: los antidepresivos surtieron efecto, las dudas de Renee desaparecieron y sus pensamientos se concentraron en ella misma:

"¿Por qué los demás I-Others no son tan buenos como yo? ¿Son los I-Others tan buenos como yo? ¿Soy tan buena como los I-Others? ¡Sí! Soy la mejor. ¿Soy la mejor? ¡Sí! Soy fantástica. Los I-Others son inútiles. Soy la mejor. ¡Yo! Siempre he sido la mejor. Siempre seré la mejor. ¡Oh yo llegaré al cielo!"

Renee sonrió.

I-Special maldijo:

"Este avatar tiene una cara huesuda y mejillas torcidas".

"¿Es lerdo? Apostaría a que es un lerdo. Apuesto a que tiene piernas gordas".

"¡Sí! Y este tiene un bigote azul. ¡Está mohoso!"

"¿Mohoso? ¡Oh Renee! ¡Seguro apesta! Si tan solo oliera como yo".

¿PODRÍA SER REAL?

"Si hay algo peor que saber muy poco, es saber demasiado."
GEORGE HORACE LORIMER

A mediados de la década de 1950, se les pidió a los miembros de una secta, "Los Buscadores", que vendieran sus casas, se divorciaran de sus cónyuges y abandonaran sus empleos, si querían ser salvados de una inundación apocalíptica.

Se reunieron en una ladera a la medianoche.

Después de diez minutos, la lluvia no llegó, los Buscadores comenzaron a ponerse nerviosos. Después de dos horas, comenzaron a llorar. Pero después de cinco horas, les trajeron buenas noticias: ¡habían esparcido tanta luz, que Dios cambió de opinión y decidió cancelar el diluvio!

Los Buscadores se enfrentaron a una elección: aceptar la incómoda verdad, que se habían equivocado al vender sus casas o aceptar una mentira reconfortante, que habían salvado todo el planeta.

Eligieron la segunda opción.

Tan pronto como salió el sol, lanzaron una campaña mediática y contaron su historia a cualquiera que estuviera dispuesto a escucharla.

***

Renee también tenía que elegir entre una verdad incómoda y una mentira reconfortante...

Era la mitad de la noche.

Se sacudió las piernas, se frotó la frente, olfateó, se atragantó y se levantó hasta el respiradero.

Vio el fragmento de la tetera y se detuvo en seco:

"¡No, Renee, no! Necesito mantener la cabeza despejada. Puedo recrear el ayer. Puedo ser una mejor persona".

Activó a I-Green:

"Buen día, Renee Ann. Vas a ser algo único en tu clase". Renee se tocó el labio:

"Ayer fue un día único en su clase. Tuve una especie de, ¿cómo puedo describir esto?, 'Revelación'. Me di cuenta de algo nuevo", *"Sé todo lo que vale la pena saber"*.

"Pero, ¿qué es lo que sé?"

"La hierba es azul".

"Por supuesto".

"*Soy perfecta*".

"*¿Lo soy? Sí... No... Espera... Dime algo más*".

"*No he comido tostadas con queso en años*".

"¡Sí! ¡Es eso! No he comido tostadas con queso en años".

Sus revelaciones comenzaron a resurgir, una tras otra, como gotas de un grifo que gotea:

"No he logrado nada". Drip.

"*Estoy rompiendo mi propia regla*". Drop.

"Debo haber estado infeliz". Drip.

"*Debo trabajar más duro*".

"El Mercado solo me ayudará si yo me ayudo a mí misma".

"¡Debo encontrar empleo!"

"¡Lo haré! Pero... Espera... ¿Qué si no lo hago?"

"*¿Y si mis rodillas se doblan?*"

"*¿Y si me roban el colchón?*"

"*¿Importa?*"

"¿Hay algo que importe?"

"¿Por qué estoy viva, a todo esto?" Renee se irguió:

"¡Necesito averiguarlo! ¡Necesito saber!"

Se vistió apresuradamente, se pasó un colorete por el rostro, se saltó el desayuno y se metió una goma de mascar dentro de la máscara de gas para detener el suministro de antidepresivos.

Estaba lista para enfrentar el día.

***

Todavía estaba oscuro cuando Renee se arrastró hacia afuera.

Una columna de humo, o tal vez era niebla, impregnaba el aire con una maravilla caprichosa. Una estrella solitaria anticipaba un crepúsculo operístico. El suelo se sentía suave y cremoso. "*¡Los musulmanes vienen a secuestrarme!*"

"¡Malditos paganos!"

"*¡¡¡Cierra bien la escotilla giratoria!!!*"

Renee cerró la escotilla, entró en el ascensor y salió hacia Podsville.

Las dudas la carcomían:

"¿Realmente cerré mi escotilla? Recuerdo haberle puesto el seguro. Pero la cerré ayer. Tal vez eso es lo que recuerdo. Tal vez.

¡Sí! Tengo que volver y comprobarlo".

Se dio la vuelta, esperó el ascensor y entró. Cinco peniques fueron agregados a su deuda.

Cuando llegó a su cápsula, se sorprendió al descubrir que dos de sus avatares estaban tratando de golpearse. I-Special e I-Extra estaban peleando, tratando de revisar las cerraduras, pero no podían hacer contacto físico alguno. Se derrumbaron formando una bola, lanzando miradas acosadoras, con los ojos grises y el cabello desgarrado.

Renee se tambaleó hacia delante, desbloqueó todas las cerraduras, volvió a bloquearlas, suspiró y regresó al ascensor.

Caminó a través de Podsville, tropezando, sosteniendo las paredes y arrastrando los pies. Bostezó. I-Green se tambaleó. I-Original se cayó y comenzó a gatear. I-Special hinchó su pecho:

"Soy la única yo, mejor que todos los I-Others. Seré feliz ¡Oh llegaré hasta lo más alto, hasta el cielo!"

Renee no puso atención.

Aturdida y mareada, se agachó y notó una erupción que cubría su palma:

"¿Y si se propaga? ¿Y si cubre mi cuerpo? ¿Qué pasa si no puedo sanarla? ¿Qué pasó con mi apetito? ¿Por qué mi boca se siente tan seca? Oh, ¿por qué me preocupo tanto?"

Casi tropezó con el gato muerto.

La piel del gato se había roto, se había colapsado y empezaba a deteriorarse. Parecía más pequeño. *Todo* parecía más pequeño o más grande, más brillante o más oscuro que antes.

La desigual losa de pavimento parecía el borde de un acantilado.

La Torre Nestlé parecía una pequeña estatuilla. Las paredes se sentían suaves y escamosas. El avatar masturbador pareció gritar: "Rah... Rah... Renee". El West End Industrial Estate no hacía ningún sonido.

Esto hizo que Renee deseara gritar: "¡¡¡Noooo!!!"

"¡No! Debo ser fuerte".

"Se fuerte, Renee, se fuerte".

£113,542.16

£113,542.17

Había llegado a Oxford Circus.

***

Renee había sido evaluada por el entrevistador de Podsicle. Sin medicación, encontró la experiencia vagamente familiar.

Recordó la forma en que el avatar citaba las cifras y la fastidiosa forma en que prestaba tanta atención a su dieta. Los detalles finos eran eludidos, pero a ella no parecía importarle. Ella había sido recompensada con un empleo, recorrió la ciudad y llegó al frente de Mansion House; un edificio de color marrón y blanco, de veinte metros de ancho, que alguna vez había sido la sede de la North Eastern Railway Company.

Siguió a sus avatares hacia el interior, donde vagó entre siete habitaciones, una terraza en la azotea, una bodega, una piscina y una sauna. Miró con asombro los brillantes candelabros blancos, los tragaluces hechos a mano y los brillantes mosaicos. Siguió los patrones que adornaban cada puerta y panel.

Sus avatares repetían las instrucciones del oligarca: *"¡Rómpelo en pedazos!"*

"¡Destrúyelo!"
"Fumiga el aire".
"Esteriliza la tierra".
"Suprime todos los átomos".
"Constrúyelo".
"Rómpelo en pedazos".
"Constrúyelo".
"Rómpelo en pedazos".
"Repite. Repite. Repite".

Renee tomó un bate de cricket y rompió las ventanas.

Los cristales rotos cayeron como una lluvia de diamantes. Ella hizo una pausa:

"¿Es esto... correcto?... ¿De acuerdo?... ¿Productivo?"
"Todo trabajo es productivo".
"La ociosidad es un pecado".
"Si trabajo un diez por ciento más rápido podría colocarme en la parte superior de la tabla de intensidad".

Estas palabras enfocaron la mente de Renee.

Arrastró un sofá con incrustaciones de rubíes hasta la ventana rota, lo levantó y lo volcó. Sus endorfinas aumentaron. Tomó un huevo de Fabergé y lo arrojó contra una pared. Se sintió eufórica. rompió una mesita de café. Se sintió divina. Saltó arriba y abajo en un sofá satinado. Llegó a los doscientos mejores de la lista de trabajadores de Londres.

I-Green mostró una flecha intermitente, que la llevó a un retrato.

Veía cada talla en su marco dorado a mano, pero no podía ver la pintura en sí. Sus Plenses la habían convertido en una imagen de Renee:

"¡Qué belleza!"

"*Soy una belleza. ¡Yupiii!*"

Renee se estremeció con un déjà vu.

Mientras derribaba el cuadro, un poco de yeso cayó de la pared. Su déjà vu se hizo más fuerte.

Aplastó un dragón chino y una estatuilla que asentía. Su déjà vu creció a proporciones épicas.

Vio un piano, que comenzó a transformarse. Sus patas se curvaron hacia adentro, sus superficies se volvieron doradas y aparecieron diseños monocromáticos en sus lados.

Renee parpadeó. El piano se volvió negro. Parpadeó de nuevo. El piano se volvió dorado. Negro. Oro. Negro. Oro. Negro.

Renee se estremeció:

"¿Qué es esto? ¿Dónde lo he visto antes? ¿Por qué lo estoy viendo ahora?"

Vio una bestia mítica, cuyo cuello reptiliano se agitaba de una manera tanto rápida como lenta. Vio una lujosa alfombra roja, mil candelabros y una puerta secreta:

"He visto estas cosas antes. ¡Sí! Pero… Pero ¿dónde?… Tal vez… No… Tal vez… La *Noche de la Tetera rota*"

Los pensamientos de Renee comenzaron a resurgir: "¡Podsicle Palace!"

"¿Cómo podría cualquier I-Other permitirse un palacio así?

¿Cómo podría trabajar durante dos millones de años?"

"¡Y mi deuda!"

"Gano menos de lo que gasto. No puedo hacer un solo pago. Nunca pagaré mi deuda, nunca me jubilaré, nunca seré… Sí… Oh, es inútil".

El esfuerzo excesivo, la ansiedad, la falta de comida y la falta de sueño hicieron efecto en Renee y la hicieron arrodillarse. Apretó la cabeza contra el suelo y agarró la alfombra.

Sus avatares colapsaron:

"*Dame una 'R'. Dame una 'E'. Dame una 'N'.*"

"*¿Qué es lo que tengo?*

"*¡Renee!*"

"*Vamos Renee, vamos Renee, ¡vamos!*"

Renee se arrastró detrás de I-Green, se puso de pie y levantó un jarrón de la dinastía Ming sobre su cabeza:

"¡No! ¡De ninguna manera! No quiero romper esto. Quiero

tostadas con queso. Quiero Podsicle Palace. ¡Quiero conservar este hermoso jarro!"

Su Ranking de Vacilación cayó en tres millones de lugares, y cayó por debajo de Paul Podell en el Cuadro de Cumplimiento:

"Oh Renee. ¡Oh yo!"

Sintió que se le helaba la sangre, sintió que su corazón latía dentro de su garganta y perdió su visión periférica. Se concentró en el jarrón, lo levantó tan alto como pudo, saltó y lo estrelló contra el suelo.

Su ranking de Cumplimiento subió cinco puestos.

Jadeó, se calmó y siguió a I-Green hacia un par de candelabros. Sus dudas resurgieron:

"¿Por qué estoy rompiendo estas cosas? No tiene sentido romperlas, solo para arreglarlas inmediatamente después. ¿No sería mejor si no hiciera nada?"

Jadeó:

"¡No! La ociosidad es un pecado". Hizo una pausa:

"¿Pero lo es?"

Bajo la presión de su pantalla, que mostraba su baja posición en varias listas, Renee suprimió sus dudas, tomó una motosierra, la encendió y comenzó a destruir la escalera; quitó un balaustre, lo clavó nuevamente en su posición, lo quitó nuevamente y lo reemplazó de nuevo. Repitió este proceso cientos de veces, subió un escalón y comenzó de nuevo:

"Necesito hacer esto para pagar mi deuda. ¡Sí! ¡Realmente necesito hacer esto! Lo haré. ¡Realmente lo haré!"

"El trabajo duro es virtuoso".

"Soy virtuosa".

"¡Soy divina!"

***

Renee inspeccionó la escena. La escalera tenía una forma irregular y estaba deformada y astillada, pero aún mantenía la forma general de una escalera. En cualquier otro día, esto habría llenado de orgullo a nuestra Renee.

Pero no ahora:

"Es un desastre... Es... estaba mucho mejor antes". Frunció el ceño:

"Necesito trabajar para pagar mi deuda. Pero nunca podré pagarla. Así que no necesito trabajar. Y este trabajo no tiene que hacerse. ¿Entonces, para qué molestarse? ¿Por qué molestarse en absoluto?"

Hizo una pausa, trató de consolarse, pero no podía deshacerse de sus dudas:

"Se supone que el valor de las cosas que produzco es igual al valor de las cosas que consumo. Eso es justicia simple de libre mercado. Pero nunca he producido nada, así que nunca me he ganado el derecho de consumir. Oh, yo... no he asumido mi responsabilidad personal... ¿Qué he hecho?... ¿Qué he hecho con mi vida?"

Tiró de su cabello:

"Las máquinas producen todo lo que necesito, ya sea que trabaje o no. En todo caso, me estoy poniendo en su camino. ¿Entonces, para qué molestarse? Por qué trabajar ¿Para quién estoy trabajando? ¿Quién se beneficia de mi trabajo? Oh Renee... no entiendo nada".

Ella gritó:

"¿Sobre qué estoy hablando? Yo trabajo para mi ¡Yo me beneficio! ¡Yo, yo y yo!"

Levantó las manos y sonrió:

"¡Oh, maravilloso yo! Estos pensamientos son verdaderamente únicos. Ningún I-Other ha tenido pensamientos como estos".

Ella se encogió:

"Pero no puedo dejar de trabajar. ¡Los individuos tienen que trabajar! Los individuos tienen que trabajar en empleos individuales, de manera individual, pero no pueden ser tan individuales como para no trabajar en absoluto. ¡Toda individualidad debe conformarse!"

Renee aspiró con fuerza, olvidando que había cubierto la boquilla en su máscara de gas con una goma.

Se atragantó. Su presión sanguínea aumentó, su corazón palpitó y sus manos se adormecieron. Pero se sintió obligada a seguir adelante y completar el trabajo que había comenzado:

"¡Responsabilidad personal!"

"*El trabajo duro está a la vuelta de la esquina*".

"*¡Vamos Renee!*"

"*¡Vamos!*"

Siguió a I-Green a un reloj de pared, pero le faltaron fuerzas para levantarlo. Sus extremidades se sentían pesadas, su mente estaba nublada, y se dio cuenta del esfuerzo que tenía que realizar con cada respiración.

Frunció los ojos, tomó el reloj en el segundo intento y lo tiró escaleras abajo.

Se tambaleó, letárgicamente, como si estuviera avergonzada de caer, y aterrizó sin sufrir un rasguño.

Se acercó a un anillo de diamantes, levantó la mano y se derrumbó.

"*¡Todo va a estar bien!*"

"*¡No, no será así!*"

Renee se sintió avergonzada por gritarle a I-Green.

"Soy patética", pensó. "Con estas dolorosas emociones, preocupaciones y dudas".

Luego dijo bruscamente:

"¡I-Original es incluso peor que yo! Solo mírame, con mis diminutas patitas. ¡Ni siquiera pude levantar un anillo!"

Atrapada entre pensamientos y palabras, no pudo continuar. El Supervisor de Podsicle se materializó por encima de ella:

"Renee Ann Blanca. Trabajadora 2060-5446. Edad: veinticuatro años. Deuda: £ 113,544.84. Calorías disponibles: setenta y seis".

Renee abrió los ojos.

"¡En nombre del mercado! Las acciones de Renee habían constituido un crimen contra la responsabilidad personal. Renee descendería veinte millones de lugares en la tabla de trabajadores de Londres y sería multada con diez mil libras. Las infracciones repetidas podrían resultar en la requisa de la cápsula de Renee y la desconexión del flujo de su gas. ¡Por su bien!"

"*Por mi bien*".

"*Yo, yo, yo*".

"Yo, yo, yo... Sí, ¡yo! ¿De qué *me* está acusando? Esta cosa frente a mí, que me dice qué hacer, no es más que luz y aire. Nunca ha tenido un día de trabajo duro en su vida. ¿Qué es lo que le da derecho a mandarme? ¿A juzgarme? Exijo una explicación. Exijo justicia. Exijo... Exijo... Exijo menos indiferencia. Me está volviendo loca. ¡Fuera! ¡Fuera con eso! Mi deuda no será aumentada. Mi clasificación no descenderá. Soy la mejor, mejor que todos los I-Others. La mejor, lo digo yo, ¡la mejor!"

La deuda de Renee aumentó en veinte peniques por cada palabra que pronunció. Al principio, esto hizo que se preocupara. Pero Renee estaba llena de tantas emociones diferentes, tantas dudas y temores, que estos sentimientos pronto se disolvieron y se fusionaron; Formando una sola bola amorfa de ansiedad y vergüenza.

Ignoró al supervisor de Podsicle.

"No puedo revertir mi decisión. Mis datos apoyan mi análisis".

"Sería un honor y un privilegio darle un consejo a Renee: ¡Sé fiel a Renee! ¡Piensa en Renee! No te arruines, trabaja, y Renee nunca volverá a ser multada".

Renee fue poseída por un tsunami de terror intenso.

Su cuerpo entró en modo Lucha o Huida, produciendo tanta adrenalina que los latidos de su corazón se volvieron esporádicos; palpitando en ráfagas cortas, descargando tres latidos rápidos, haciendo una pausa, golpeando, deteniéndose y arrancando. Sus músculos se tensaron, haciéndola caer al suelo. Su mente corría de una fuente de ansiedad a otra:

"¡Mi deuda! ¡Mi cápsula! ¡Mi cuerpo! ¡Mi trabajo! ¡Mi deuda! ¡Mis brazos! ¡Mis rankings! ¡Mi futuro! ¡Mi cápsula! ¡Mis dedos! ¡Mi trabajo! ¡Mi corazón! ¡Mi deuda! ¡Mi gas! ¡Mis amigos! ¡Mi ropa! ¡Mis trabajos! ¡Mi vida! ¡Mi trabajo!"

Nada parecía real. Nada parecía tener sentido.

El corazón de Renee se aceleró, disparando latidos como si fuera un arma automática. Su cuerpo la sacudió de adentro hacia afuera. Sus ojos se hincharon. Sus orejas zumbaban. Comenzó a temblar, a sudar, ahogarse y a sentir dolor en la cabeza:

"¡Mi cápsula! ¡Mi aliento! ¡Mi deuda! ¡Mis rankings! ¡Mis orejas! ¡Mi gas! ¡Mi goma!"

Renee hizo una pausa:

"¡Mi goma! ¡Sí, mi goma! ¡Mi hermosa, hermosa goma!"

Su corazón se estrellaba contra sus costillas.

Levantó la mano unos centímetros, pero carecía de fuerzas para seguir moviéndola.

Lo intentó de nuevo, logró tocarse la cara, pero no pudo quitarse la máscara.

Cerró los ojos, reunió toda la fuerza que tenía, levantó la mano, se levantó la máscara, quitó la goma e inhaló.

Consumió mucho menos gas que en la *Noche de la Tetera Rota*, pero tuvo un efecto similar. Sus músculos se relajaron, se contrajeron y luego se relajaron. Sus manos le hormigueaban. Su lengua sabía a azúcar. Se sentía ligera, vacía, feliz y libre. Sus párpados se cerraron con movimientos deslizantes. Ahora todo era de color negro sólido.

Todo estaba silencioso. Todo estaba inmóvil.

MIRA. HABLA. CORRE.

"Cuestiona todo."
GEORGE CARLIN

Probablemente has escuchado hablar del intelectual griego, Arquímedes.

Cuenta la leyenda que una vez a Arquímedes se le encomendó una tarea: calcular el volumen de la corona de un rey. Resultó ser un desafío, hasta que Arquímedes visitó su balneario local. Mientras se limpiaba, regocijándose en esas aguas tranquilas, vio a un hombre entrar al baño. Cuando ese hombre se agachó debajo de la superficie, desplazó una cantidad de agua que tenía exactamente el mismo volumen que su cuerpo.

"¡Eureka!" Exclamó Arquímedes. "¡Eureka! ¡Lo tengo!"

Todavía desnudo, salió al exterior, corrió por la calle y se dirigió a ver al rey.

"¡Eureka!" festejaba. "¡Eureka, eureka, eureka!"

***

Renee tuvo su propio *Momento Eureka*.

Se despertó, aturdida y ligeramente drogada. Parecía un águila echada sobre una alfombra persa. Su cerebro palpitaba y su mejilla buena se contraía, pasando de púrpura a ciruela a malva.

Notó su clasificación, que se había desplomado, y su deuda, que había aumentado en decenas de miles de libras. Luego se dio cuenta de sus avatares. I-Green se veía pálida y delgada. I-Original se estaba chupando el pulgar. I-Extra tenía el cabello desordenado:

"Se ha alcanzado mi límite de sobregiro".

"El Banco de China no autorizará ninguna otra compra".

"Mi suministro de gas se detendrá a partir de ahora".

La máscara de gas de Renee crujió. Luego se secó. Recordó sus pensamientos anteriores:

"Nunca pagaré mi deuda. Nunca me jubilaré. Esta vida sigue y seguirá para siempre".

Se estremeció:

"Nunca he producido nada de valor, así que nunca me he ganado el derecho de consumir".

Se sacudió:

*"Las máquinas producen todo lo que necesito. En todo caso, me estoy poniendo en su camino. ¿Entonces, para qué molestarse? ¿Por

qué trabajar? ¿Para quién estoy trabajando? ¿Quién se beneficia de mi trabajo?"

Contempló cada sonido:

"¿Para *quién* estoy trabajando?"

"¿*Quién* se beneficia de mi trabajo?"

Su respuesta original había sido bastante enfática:

"¡Trabajo para mí! ¡Me beneficio a mí misma! ¡Yo, yo y yo!" Pero ahora no estaba tan segura:

"¿Quién ese ese 'Quien'?" Habló en voz alta:

"¿'Quien'? Pero... Bueno... ¿Quién diablos es este ¿'Quien'?"

"*The Who fue una banda de rock and roll originaria de Shepherds Bush*".

"*Soy un mago del pinball*".

"*Soy la mejor*".

"No... No, no, no... ¿Donde he escuchado esa palabra antes? Hmm... 'Quien'... ¿La pronunció alguno de mis avatares? No.

¿Estaba en Twitter? No. ¿En la ciudad? Tal vez. No, no fue ahí. En el... ¡Sí! ¡Eso es! Estoy segura. Lo he resuelto. ¡Soy un genio!"

Renee había recordado una fotografía de su juventud, que había descartado cuando cumplió siete años. Ella apenas podía recordar la inscripción en su marco:

Siempre seré quien soy.

"¡Quien!"

Esa imagen, que ella había visto sin sus Plenses, estaba empezando a tomar forma. Aparecían árboles en el fondo. Y allí, delante y en el centro, había una mujer. No se trataba de Renee. Era alguien más.

"¿Mamá?" Susurró Renee. El sonido de aquella palabra la asustó. Ella no sabía lo que significaba, ni de dónde venía, pero simplemente no podía ignorarla.

Sonaba como el viento susurrante: "Mamá". Whoosh. "Mamá". Hiss. "Mamá".

Sus ojos sobresalieron:

"¡Sí! ¡Lo he resuelto! 'Quien' significa otro como esos, tal como esa figura. I-Others reales, que viven y respiran. Otros Renees. ¡Otros yo!"

Ahora, querido amigo, puedes considerar que tal afirmación es más bien, no sé cómo expresarlo, ¿"Sosa"? ¿"Prosaica"? ¿"Obvia"? Pero para Renee, estas palabras iban más allá de lo impensable. Eran una herejía. ¡Ella había reconocido que otras personas podrían existir! No solo como avatares, como trabajadores compitiendo, o clasificaciones en una carta corporativa; sino como seres auténticos y con sentimientos, no muy diferentes a ella misma.

Aquello la aterrorizó. Su corazón saltó dando varios latidos. Pero ella lo había hecho. No podía negarlo. La realidad de la situación la había golpeado entre los ojos.

"¿Para quién estoy trabajando?"

"¿Quién se beneficia de mi trabajo?"

Estas preguntas indicaban conciencia respecto a otras personas.

¡Renee deseaba que su trabajo ayudara a alguien más! Pero, ¿por qué? No tenía ningún sentido:

"¿Y si no es solo trabajo? ¿Qué tal si creé mis avatares y mis I-Amigos porque, en el fondo, quería ser amiga de los I-Others? ¿I-Others *reales*? ¿Y si mis selfies fueran un intento de impresionar a otro yo? No a un I-Amigo, sino a un yo viviente, que respira. ¿Qué tal si creé a I-Sex porque deseaba tener sexo con otro yo? ¿O tocar a otro yo? ¿O abrazar a otro yo?"

Se dio cuenta:

"Mis éxitos se sienten vacíos, porque no tengo otro yo para disfrutarlos. ¡Necesito otro yo! ¡¡¡Necesito otro yo!!!"

Se levantó de un salto, indiferente al dolor, realizó un salto mortal y gritó "¡Eureka!":

"¡Eso es! Quiero otro yo. ¡Eureka! No solo quiero ser dueña de mí misma, quiero otro ser. ¡Eureka! No estar sola, pero... No lo sé. No sé cómo decirlo, es una locura, pero debo tenerlo. ¡Otro ser! Sí.

¡Eureka! Puedo satisfacer mis necesidades físicas, pero no las emocionales. Necesito otro yo. Necesito otros I-Others. ¡Eureka!

¡Eureka! ¡Eureka!"

"*No hay tal cosa cómo los I-Others*".

"*Solo me necesito a mí misma*".

"*Yo, yo y yo*".

Renee trató de mostrar su desacuerdo. Pero sus avatares solo decían las cosas que siempre se había creído. ¡Debían tener razón!

Negó con la cabeza y suspiró:

"Oh, realmente he jodido las cosas esta vez. ¿Como pude ser tan poco profesional? ¿Como pude cuestionar a mi jefe? ¡Diez mil libras! ¡Un millón de puestos! ¿Qué estaba pensando? Si tan solo hubiera trabajado más duro. Soy una maldita tonta".

Abrazó sus rodillas:

"Soy un individuo. ¡Lo mejor de lo mejor! ¿Cómo podría querer un I-Other? Me influiría. Me impediría ser yo. ¡No! No puedo permitir que eso suceda".

Se cubrió los ojos:

"Soy una desgraciada. No soy lo suficientemente buena. Soy una inútil. He fracasado".

Se estremeció:

"Los verdaderos individuos no necesitan I-Others. Los verdaderos individuos se hacen responsables de sí mismos".

Ella asintió, para mostrar su acuerdo consigo misma, se detuvo, y luego negó con la cabeza:

"¡No! ¡No, no, no! ¿Por qué debo asumir la responsabilidad personal? Mis problemas no son mi culpa, han sido creados por el sistema. Este sistema sucio, que me aísla de los I-Others. Presionándome para trabajar, competir y consumir. Este sistema es el culpable. ¡Este sistema debería asumir la responsabilidad!"

Ella frunció el ceño:

"¡No! ¡No, no, no! Debo asumir la responsabilidad personal. Debo encontrar otro yo. Debo tocar a otro yo. ¡Mamá! Debo hacerlo yo misma. ¡Debo hacerlo ahora!"

Su certeza se mezcló con su duda:

"No puedo... puedo... sufriré... prosperaré... ¡No! ¡Sí! ¡¡¡Sí!!! Así es: querer vivir con I-Others me hace verdaderamente única. ¡El yo más individual que jamás haya vivido!"

Y ahora, dijo en voz alta:

"¡Soy la mejor! ¡Un verdadero individuo!"

"*Soy la única, mejor que todos los I-Others.*"

"Toda la individualidad debe conformarse".

"Compre cinco amigos, llévese uno gratis".

***

Con pocas calorías en su organismo, Renee tuvo problemas para caminar de regreso a casa.

Se centró en cada paso que daba, levantó la barbilla y tropezó hacia delante; mirando a través de su pantalla y viendo el mundo de una manera completamente nueva.

Aquí había un panel de vidrio, dividido por la sombra y la luz, con un frotis dramático en una esquina. Ahí había una losa, llena de guijarros majestuosos. Por ahí había un brillante charco de agua, una bola de pelusa despreocupada, un cable ondulante, ¿un robot, un avatar, un hombre?

Era más de lo que podía soportar. Renee se rascó el interior de sus bolsillos, tomó sus pechos, saltó, chilló y gimió:

"¡Yo soy! ¡Mamá! ¡Individual! Castillo de la alegría. Corazón de corazones. Compre cinco y obtenga uno gratis".

"Compre un poco de Coca Cola ahora mismo".

Los avatares de Renee estaban apoyados en las paredes, colapsando, arrastrándose, subiendo, tropezando y cayendo. Había bolsas bajo sus ojos. Sus manos estaban cubiertas de erupciones.

Renee estaba avergonzada. Estaba segura de que sus avatares deseaban llamar su atención. Estaba segura de que estos dos ojos pequeños le estaban gruñendo desde lejos. Estos dos ojos parecían rayos láser. Estos brillaban con un color rojo. Estos parecían gritar.

"Maldición I-Original. ¡Me estás retrasando!"

"Soy la mejor", gimió I-Original en defensa propia.

"Por supuesto que los I-Others quieren mirarme. ¡Soy hermosa!"

"Un ángel".

"Una diosa".

"Divina".

Renee estaba a punto de discutir, pero entonces se le ocurrió: "¡Quiero que los I-Others me miren! Quiero mirar a los I-Others. No solo avatares: I-Others *reales*. Déjalos que me miren.

¡Déjame mirarlos!"

Ella fijó su mirada en el ser que estaba delante de ella.

La gran intensidad de esta acción hizo que Renee se sintiera mareada. Ella nunca había hecho algo así. Por supuesto, ella competía con otros trabajadores y se burlaba de sus avatares, pero en realidad nunca los había visto:

"Hazlo, Renee, solo hazlo: Reconoce a los I-Others". La visión de aquel hombre dejó a Renee ciega.

Ella parpadeó para alejar el brillo, se calmó, inhaló y miró su rostro.

Con la espalda encorvada y las rodillas dobladas, era incapaz de mantenerse completamente erguido. Sus cejas salientes se inclinaban hacia los ángulos más ilógicos. ¿Pero sus ojos? ¡Qué ojos! ¡Qué agujeros negros! Sus ojos estaban hundidos su cráneo. No giraban, se enfocaban o se ajustaban. Simplemente existían, pasivos, como un par de perlas negras; indiferentes al mundo, e indiferentes a nuestra

Renee.

"¿Por qué no me está mirando? Mírame, maldita sea, ¡soy real!"

Renee siguió mirando fijamente. El hombre continuó ignorándola. Se acercaron cada vez más, pero el sujeto no se inmutó.

Hacia adentro y hacia adelante, se acercaban paso a paso a la vez.

Cada vez más cerca, sus narices estaban a punto de encontrarse.

Renee se estremeció, inhaló y se preparó para el contacto. Nunca había tocado a otro humano, y la idea la emocionaba y la horrorizaba a la vez.

El hombre caminó directamente a través de nuestra Renee. "¡Diablos!" maldijo. "Malditos avatares, hechos de luz hueca. Deberían tener algo de piel real".

Renee se sentía sin energías. Y sin embargo también se sentía genial. Ella había hecho lo impensable: había reconocido que otras personas podían existir y había tratado de hacer contacto visual con estas. Había roto el tabú más grande:

"¡Soy asombrosa!"

"*La mejor*".

"*¡Gillette! Lo mejor que Renee puede comprar*".

Renee quería más. Como una adicta para quien una dosis nunca resultaba suficiente, quería un segundo subidón, tan pronto como había experimentado el primero. Quería hacer contacto visual con un ser humano real. Quería que reconocieran su existencia y que pensaran que ella era genial.

Miró a su alrededor y vio a otros cincuenta seres, excluyendo a sus propios avatares, pero ninguno de ellos la estaba mirando.

Ella gritó:

"¡Mírenme! ¡Reconózcanme! ¡No me dejen aquí por mi cuenta!"

Corrió hacia el ser más cercano, una adolescente con la cara pellizcada de un geriátrico. Ella la miró a los ojos. Pero la adolescente no devolvió el cumplido. Caminó directamente a través de nuestra Renee.

Luego otra vez corrió por la calle, dejando sus propios avatares a su paso. Se paró frente a una mujer anciana con dientes dispersos y piel agrietada. Esta también pasó a través de ella.

Renee avanzó, corrió de vuelta, corrió aquí, corrió allí, cruzó la calle y cruzó de nuevo en dirección contraria. Trató de hacer contacto visual con este hombre con codos quemados por el sol, esta mujer con pestañas caídas y esta niña de rostro triangular. No provocó ninguna reacción:

"No quiero avatares. Quiero I-Others. I-Others reales. ¡Por lo menos un I-Other debe ser real!"

Ella no se rindió. Tomó desvíos, visitó calles laterales, miró a los ojos de un ser y luego a otro; esperando más allá de la esperanza que la reconocieran, la vieran o la tocaran.

Construyendo una resistencia a su droga de elección, cada nuevo intento le daba a Renee un poco menos de satisfacción.

Ella gritó:

"No puedo estar sola más tiempo. Necesito ser reconocida. Necesito otro yo"

"Sería más feliz si los I-Others no existieran"

"Los I-Others son lo peor".

"¡No, no, no! Me equivoco. Cállate. ¡Estoy totalmente equivocada!"

Los avatares de Renee no sabían cómo reaccionar. Buscaban datos que no existían y ejecutaban algoritmos que no tenían fin. El broche de Renee comenzó a emitir humo. I-Special se volvió gris con estática, I-Original perdió sus funciones, I-Green colapsó y I-Extra desapareció.

Renee siguió adelante.

Obligada por un cierto sentido de terquedad, hizo contacto visual con cada ser que pasaba. Ahora con esta mujer huesuda. Ahora con este hombre robusto. Miró suplicante a este joven con los labios curvados. Miró intensamente a este niño de manos enormes.

Todos caminaron a través de ella. Renee se interrogó:

"He reconocido a los I-Others. Eso es valiente. He caminado a través de varios seres. Eso es grande. He tratado de establecer contacto visual. ¡Dios santo! Pero nadie ha reaccionado. Necesito hacer más. Necesito hacerme notar".

Una mujer de edad mediana se acercó a Renee mientras pasaba por debajo de la Torre Nestlé. Su rostro tenía la forma de la proa de un barco. Tenía los hombros encorvados y la piel rojiza.

Renee la miró a los ojos y dijo "Hola".

Indiferente a su deuda, que había aumentado veinte peniques, estaba satisfecha con su propia audacia. Aunque, hay que decirlo, se sorprendió al descubrir que no estaba *más* complacida. Lo que ella había hecho era revolucionario. ¡Había hablado con otro ser! Por supuesto, había lanzado abusos al aire cuando se lo proponía I-Special, pero nunca había mirado a los ojos de otro ser, nunca había reconocido su existencia ni ofrecido alguna palabra benévola. Nadie lo había hecho. Sus acciones se habían apartado de las mismas leyes de la naturaleza.

"Hola ahí", continuó en un silencio nervioso. "Hola, soy Renee".

Se añadió una libra a su deuda.

Sus ojos suplicaron una respuesta, frunció el ceño con desesperación, pero la mujer no se inmutó.

"¡Qué tonta!" gritó Renee. "¿Es sorda o simplemente ignorante? ¡Yo solo estaba tratando de ser agradable!" I-Original logró lloriquear:

"Los I-Others son escoria".

I-Special parpadeó y destelló. Renee respiró hondo:

"La perseverancia y la alegría están de mi lado. ¡Seguiré adelante!"

Corrió hacia un punk de cabello morado: "Hola".

Corrió hacia una hippie con las uñas pintadas: "Soy la mejor".

Corrió hacia un patinador con tatuajes llamativos: "Quiero que seamos amigos".

El punk caminó a través de ella, la hippie cruzó la calle y el patinador dobló en un callejón.

Corrió hacia este individuo de cabello gris, hacia este rastafari de trenzas y hacia esta niña obesa. Dijo "Hola", "Hablemos", "Unámonos", "Muéstrame respeto" y "Sé valiente".

Nadie reaccionó.

Corrió hacia este jubilado de cabello púrpura, este gigante bien afeitado y este adolescente con granos. Dijo "Hola", "Hablemos", "Existo", "Nota mi presencia" y "Responde".

Nadie parecía preocuparse.

Los latidos del corazón de I-Original se volvieron esporádicos; palpitando en ráfagas cortas, descargando tres latidos rápidos, haciendo una pausa, golpeando, deteniéndose y arrancando. Sus músculos se tensaron, arrojándola al suelo. Sus ojos se hincharon.

A Renee no le importó.

Su deuda se disparó hacia arriba. No le importó.

Ella había experimentado el dulce subidón de la rebelión, y quería otra dosis.

Se acercó a este joven pecoso de cabello engominado, a este

hombre con una verruga en la nariz y a esta anciana de rostro robusto.

No reaccionaron.

Se dio la vuelta para regresarse a Podsville.

Dijo "Mírame", "Escúchame", "Tócame" y "Siénteme". No recibió respuesta alguna.

Podría haber continuado para siempre, pero había llegado al exterior de su cápsula. Negó con la cabeza, jadeó, abrió la escotilla y se tragó un poco de sustituto de calorías y un batido de proteínas. Luego se meció un poco, al poco tiempo, el agotamiento la venció, cerró los ojos y se quedó dormida.

GIRA A LA DERECHA EN LAS LUCES

"La Visión es el arte de ver lo que es invisible para los demás."
JONATHAN SWIFT

Érase una vez una cachorra de león, cuya madre murió poco después de nacer. Ella vagó sola y sin rumbo, hasta que encontró un rebaño de ovejas. La mayoría de ellas se escaparon. Pero un alma valiente se compadeció de la joven leona, la levantó y la adoptó como si fuera suya.

La pequeña leona aprendió de su madre adoptiva. Comenzó a comer pasto y bramaba como una verdadera oveja. Estaba feliz, pero no estaba contenta. Sentía que a su vida le faltaba algún tipo de ingrediente vital.

Un día, a inicios de la primavera, su rebaño se detuvo junto a una orilla del río para beber. La joven leona se inclinó, vio su reflejo en el agua, entró en pánico y dejó escapar un rugido diabólico. Era tan ruidoso y tan temible que asustó a todos sus compañeros.

***

Renee gritó:
"¡¡¡Aaaargh!!!"
Se había despertado en un estado de esperanza y miedo.

Había recordado sus revelaciones y cómo había tratado de relacionarse con otras personas. Esto la había llenado de esperanza. Ella creía que estaba parada en el precipicio de la grandeza.

Luego, recordó su deuda, estadísticas y calificación crediticia. Esto la había llenado de miedo. No podía pagar los bienes que necesitaba para sobrevivir.

Abrió Alexa y pidió un tubo de sustituto de calorías.

Diecinueve letras rojas aparecieron en la pantalla principal de su cápsula:
CRÉDITO INSUFICIENTE

Lo intentó de nuevo y recibió el mismo mensaje. Ordenó una manzana sintética, que solo costaba ochenta peniques, pero aquellas letras continuaron parpadeando. Intentó comprar el artículo más barato que pudo encontrar, una imitación de cangrejo, pero no pudo realizar la compra.

Aquellas luces reverberaron en la mente de Renee: rojas.

Blanco. Rojo. Blanco. Rojo.

Cerró los ojos, inhaló, abrió los ojos y revisó su comida: aproximadamente cincuenta gramos de carbohidratos en polvo, dos tiras de salmón genéticamente modificado, una porción de arroz artificial precocido y los restos de algún sustituto de calorías:

"Necesito trabajar, ganar dinero, para poder comprar más alimentos. Pero no puedo. ¡Simplemente, no puedo hacerlo! Basta de esta vida de la cinta caminadora. Basta de esta pesadilla recurrente de días monótonos y trabajos sin sentido. Mi trabajo no es productivo. No me ayuda. No ayuda a los I-Others. Simplemente... no ayuda".

Su arrebato estaba volviendo locuaz a Renee:

"¿No quiero ser libre? ¿No entiendo la libertad? ¡Soy una esclava! Me he encarcelado a mí misma y necesito escapar".

Se vistió, se untó base en la mejilla, se detuvo y tiró la lata de la base. Tomó su bolsa de maquillaje, la puso boca abajo y apartó los restos. Tomó su broche para el cabello, lo dobló y vio como desaparecía su pantalla:

"Adiós falsos profetas. Adiós, falsos amigos. Adiós irrealidad.

¡Hola Mundo!"

Se acostó de nuevo:

"Se me ha permitido hacer cualquier trabajo que haya elegido, siempre y cuando haya trabajado. Se me ha permitido consumir todo lo que he deseado, siempre y cuando haya consumido. He estado ganando las batallas, pero perdiendo la guerra. ¡Suficiente es suficiente! No quiero un trabajo sin sentido. No quiero consumir por el consumo. Quiero ser libre. ¡Quiero irme!"

Renee se incorporó pavoneándose, encantada por la embriagadora conciencia de su verdadero yo:

"¡Los I-Others no se niegan a trabajar! ¡Los I-Others no se van! ¡Yo soy quien lo hará! ¡Seré un verdadero individuo! ¡Yo - ganaré - la vida!"

Tomó su camisa de repuesto, la ató en nudos y la llenó de comida. Utilizó sus pantalones de repuesto para atar el paquete alrededor de sus hombros. Se guardó el broche en el bolsillo, como recuerdo. Tomó su máscara de gas y se marchó sin cerrar la escotilla.

***

Tan pronto como salió del ascensor, Renee vio a un septuagenario. Su piel era de color beige, su rostro alargado y sus ojos lechosos, con labios mordidos y una gran manzana de Adán. Sus intentos de mantenerse en pie sugerían una especie de determinación. Su espalda torcida sugería que su vida había sido dura.

Renee hizo contacto visual y dijo "Hola". El septuagenario la ignoró.

Renee estaba a punto de reaccionar, pero se detuvo en seco cuando se dio cuenta de que *ella* podría ser la culpable.

Fue un pensamiento radical:

"Hay algo que falta. Pero qué… Es… quiero decir… Espera un minuto. ¡Ni siquiera sé si es real! Si es un avatar, no debería malgastar mi respiración. ¿Pero lo es? ¿Es real? Avatar o… necesito saberlo. ¡Tengo que averiguarlo!"

Renee inhaló, se llevó un dedo a los ojos y se quitó un Plense. En vez de ver el mundo a través de aquel filtro, lo vio como realmente era.

Vio una rata, la cual se escurrió entre sus piernas.

Renee se estremeció. Nunca antes había visto una rata, y la sola vista de su cola sinuosa la llenó de terror. Movida por un instinto primordial de autoconservación, su corazón saltó, ella saltó, y los mechones de su cabello se erizaron.

Cerró los ojos, tembló, se concentró en su respiración, contó hasta diez y levantó los párpados lentamente.

Le tomó algunos instantes reconocer la escena. En cada parte donde antes había visto un avatar, ahora veía una rata.

Ocasionalmente, el único Plense que aún llevaba puesto convertía esas ratas en avatares; Haciéndolos parecer seres humanos reales. Luego, su ojo sin Plense revelaba su otra forma.

Rata. Avatar. Rata.

Aquel joven de complexión gruesa se convirtió en una rata gordita con dientes vampíricos y manos antropomorfas. Aquella morena menuda se convirtió en una rata flaca con ojos diabólicos. Este tipo calvo se convirtió en una rata sin pelo. Esta mujer se convirtió en una rata de pelo esponjado.

Rata. Avatar. Rata.

Renee parpadeaba tan rápido como podía:

"Eso explica por qué ningún I-Other respondía cuando le decía 'Hola'. Pero… Espera… ¿Qué pasó con todos los I-Others? ¿Fueron creados y luego murieron? ¿Existen siquiera? ¿Siempre he estado sola? ¿Contra quienes he estado compitiendo en mis gráficos? Necesito I-Others. ¡Necesito otro yo!"

Respiró hondo, se tambaleó y se quitó su segundo Plense.

Se levantó un telón, y la calle de Renee se reveló en toda su sordidez. No estaba en un callejón estrecho, entre dos paredes de una cápsula, como siempre había creído. Las cápsulas que estaban en la pila detrás de ella solo tenían quince unidades de altura. La parte superior de una segunda pila era casi visible a la distancia. Entre estas dos cuadras, un gigantesco montón de basura llenaba la calle. Este se detenía a un metro de la cápsula de Renee, formando el denominado "Callejón" por el que siempre había caminado.

Enterradas en los escombros, estaban las piezas de la tetera que Renee había arrojado desde su cápsula. Aquí había algunos envoltorios desechados, bañeras vacías y botellas destrozadas. Acá había algunas pantallas rajadas y colchones rotos; algo de carne podrida, que pronto desaparecería, y algo de plástico, que permanecería en su lugar para siempre. Una mezcla pegajosa de orina y heces lo mantenía todo en su lugar.

¡El olor! Era como si sus ojos estuvieran enviando un mensaje a la nariz de Renee:

"¡Gloriosamente dulce!"

Por aquí olía a pescado podrido, mal aliento y perro mojado. Por acá se captaba el olor de mil ratas muertas. Este olor era como a huevo, con un tinte de dulzura tóxica. Este otro olor era húmedo, con matices de musgo.

Renee se atragantó. El rancio olor del lugar había entrado en su boca. Podía probar el estiércol y el moho. Podía sentir las aguas residuales que goteaban hacia sus pulmones.

Cerró el tubo de comida de su máscara antigás e intentó ignorar el hedor.

***

Renee dio pasos lentos y pesados. Sin una pantalla que mostrara su deuda, no sentía la necesidad de dar grandes pasos. Sin sus avatares para guiarla, tenía que mirar al suelo; abriéndose paso por este charco de lodo, aquella manzana mohosa y esta botella vacía.

Renee giró a la izquierda para salir de Podsville y casi tropezó con el gato muerto. No podía creer lo que veía. Aquí había un estómago infestado de gusanos, expuesto al cielo. Acá había dos piernas podridas. Pero esto no era un gato. ¡Esto era un hombre! Tenía huesos enrojecidos y una nariz fuerte y torcida. Las cuencas de los ojos estaban vacías y su piel se veía como cerdo recocido.

"¡No estoy sola!" Festejó Renee. "Finalmente he encontrado otro yo".

Sus orejas se pusieron moradas. Realizó un salto mortal y gritó al aire:

"¡*Estoy* sola! ¡Totalmente sola! Oh, tan sola".

Pateó el cadáver, y lo reprendió con absoluta malevolencia: "¡Cómo te atreves a estar muerto! ¡Cómo te atreves! Piensa en mí. Te necesito. Oh Renee. Oh yo".

Se dio cuenta de ella:

"I-Original! Oh, ¿cómo la pude maldecir? No estaba intentando hacerme tropezar, me estaba ayudando a despejar el camino".

Inhaló con fuerza, instintivamente, olvidando que su gas había sido desconectado. Se estabilizó, y continuó hasta Russell Square.

Esta parte de la ciudad se veía como siempre. Torres cubiertas de cristal color verde se alzaban como gigantescos barrotes de alguna prisión, alcanzando el cielo, que aún estaba cubierto por una capa gris. Pero las calles estaban ahora repletas de basura, varias ventanas estaban rotas o habían desaparecido, y las ratas ahora se escurrían por donde alguna vez habían aparecido los avatares. Renee no vio a una sola persona hasta que dobló una esquina y vio al hombre que se masturbaba.

Estaba vestido como de costumbre, con pantalones de pana color marrón, atados con una cuerda y zapatos que estaban cubiertos de arañazos. Pero algo aparentemente había cambiado.

Renee se detuvo a mirar fijamente. Estar cara a cara con otra persona viva, por primera vez en su vida, la había entumecido. Se cubrió los ojos, los descubrió y finalmente aceptó la verdad.

I-Special se había equivocado. Este hombre no tenía un brillante rostro de querubín. La vida le había desgastado, lijándole la piel y cincelando sus mejillas. Estaba encogido, arrugado, frágil, gris y viejo. Sus labios estaban pegados con saliva seca. Tenía una marca de nacimiento en forma de estrella en el labio inferior.

Había algo más...

La mano de este hombre de hecho se sacudía de arriba hacia abajo, pero no estaba dentro de sus pantalones. No se estaba masturbando. Él anciano sostenía su palma, que temblaba a causa de la debilidad. Cerca de sus pies estaba un letrero escrito en cartón:

Sin hogar y hambriento. Por favor, comparta un poco de comida.

Renee se rascó la cabeza:

"¿Por qué debería compartir algo de comida? Yo como comida.

Podría pudrirse si la guardase".

Ella miró al hombre mientras este intentaba abrir la boca.

Después de varios minutos, una pequeña brecha apareció al lado de su boca. Esta brecha comenzó a extenderse, descomprimiendo sus labios milímetro a milímetro.

Sus ojos estaban desesperados. Renee no podía superar la sensación de que no la estaba mirando a ella, sino que aquella mirada fija en ella; penetraba cada átomo de su ser.

Sostuvo su bolso:

"Puede sentir mi incomodidad. Debo verme congelada de miedo. Oh, ¿Qué tal si me rechaza? ¿Qué tal si me quedo muda? No deseo molestarlo. No quiero ser impertinente".

Ella quería acercarse a ese hombre. De hecho, este había sido su plan desde el principio: acercarse a la primera persona que encontrara, mirarla a los ojos y decir "Hola". Pero aquí, en el mundo real, las cosas no eran tan simples.

Sus músculos se tensaron.

Estaba aterrorizada de que el hombre respondiera y ella *no* supiera qué hacer, y él ignorara su existencia. Abrió la boca para hablar, pero no pudo emitir ruido alguno.

Su cuerpo se rehusaba a convertir sus pensamientos en acciones.

Ella se volvió abrumadoramente consciente de sí misma. Pensó que sus piernas estaban en una posición demasiada recta, y por tanto dobló las rodillas. Sacudió los pies, lo cual la hizo sentir ridícula, y por tanto hinchó su pecho para compensar. Sintió que había ido demasiado lejos, por lo que miró hacia sus pies.

El viento pareció susurrar su nombre: "¿Rah... Rah... Renee?" Fue más de lo que podía soportar.

Se dio la vuelta y corrió, sin prestar atención hacia dónde se dirigía. En lugar de girar a la izquierda, hacia Oxford Circus, giró a la derecha. Cruzó la Euston Road, pasó a través de Camden y continuó hasta Highgate Road.

***

Las ratas y la basura disminuyeron. El cielo parecía más brillante.

Todo era negro o verde...

Las torres industriales dieron paso a edificios abandonados; Antiguos, descuidados y cenicientos. Las casas estaban cubiertas con polvo sólido. Los escaparates de las tiendas ya no tenían vidrios. Las torres, ennegrecidas por el hollín, parecían desnudas sin sus cables. Y, sin embargo, en medio de este oscuro y deprimente paisaje, la Madre Naturaleza estaba ganando su guerra; reclamando la tierra que alguna vez había sido suya. Zarcillos de hiedra se habían apoderado de las casas victorianas. Los árboles habían crecido a través de hogares indefensos. La hierba había roto el asfalto.

Renee se centró en aquella hierba. Podía entender vagamente que era, de hecho, hierba. Y, sin embargo, No podía creerlo.

"No", pensó. "La hierba es azul. ¿Qué diablos es esta cosa verde? Debo estar alucinando. Debo estar loca".

Trató de parpadear para volver azul la hierba:

"Eso no puede ser hierba. No. Tal vez se trata de una mutación. O tal vez se borró la capa azul".

"¿Y qué es eso? Estos palos de color marrón con sombreros verdes. He visto esto antes. ¿Pero dónde? Por... No. Espera... Espera un minuto ¡Sí! En la imagen. ¡Mamá! En el fondo había unos palos marrones con sombreros verdes y tupidos. Este personaje 'Mamá' debe estar cerca. Tal vez... ¡Sí!... Tal vez... ¡Tal vez es el otro yo que he estado buscando!"

Renee sintió el tipo de entusiasmo vertiginoso que se presenta naturalmente en la infancia, pero que generalmente se olvida con la edad; una sensación de hormigueo, que zumbaba a través de sus brazos y la obligaba a abrir sus ojos.

Se detuvo, miró un árbol y vio algo peculiar. Para ti, podría parecer un petirrojo común. Puede que ni siquiera le hubieras echado un segundo vistazo. Pero Renee nunca había visto un petirrojo. Ella nunca había visto un pájaro:

"¡Dulces vibraciones!" Se unió a su canción:

"Animen, alegremente, animen, animen-ooh".

Cuando el petirrojo saltó a lo largo de su rama, Renee bailó en un círculo. Cuando agitó sus alas, Renee agitó sus brazos:

"Animen, alegremente, animen, animen-ooh". El pájaro se fue volando.

Renee intentó volar. Fracasó, como era de esperarse, y aterrizó con un ruido sordo:

"Oh yo. Oh mí. Fue tan... tan... ¡Feliz! Quiero esa alegría. Quiero cantar y bailar y volar. Sí. Pero había algo más... Hmm...

¿Qué era? ¡Sí! ¡Su ropa! No había ningún logo de Nike a la vista. No tenía un solo accesorio. Debe ser eso: la desnudez. ¡La desnudez es alegría!"

Renee se arrancó la ropa de su cuerpo, una pieza a la vez. Su camisa aterrizó en un banco, sus pantalones aterrizaron en un arbusto y su ropa interior fue desplazada por el viento, llevándosela por la calle.

Pasó un cuervo aleteando, permaneciendo fuera de alcance: "¡Mírame vaya! Esto es lo más individual que jamás haya hecho. Los I-Others pueden usar ropa diferente, pueden personalizarse, pueden cambiar sus accesorios, pero usan ropa. ¡Yo no! Soy tan individual como puede ser. Yo - gano - la vida".

Renee miró con asombro a cada árbol que pasaba: a este arce extendido, que parecía exigir la atención del sol; a este roble, cuyas raíces habían roto el asfalto; a estos árboles, que se veían tan pequeños desde lejos; y a estos, que se habían encorvado, o se mantenían erguidos, o tenían marcas que podrían contar mil historias.

Ver estos árboles hizo que Renee se sintiera eufórica. Pero ver tantos árboles juntos, cuando llegó a Hampstead Heath, fue algo casi imposible de soportar. Se quedó paralizada, recordó al hombre sin hogar, hizo una mueca, maldijo y levantó la vista para encontrar su pantalla.

Sus dedos presionaron botones imaginarios en el cielo. Cerró los ojos, inhaló, y dio un paso lento y trémulo.

Esforzándose por pensar por sí misma, esperó a que I-Green hiciera una sugerencia, o que I-Extra emitiera una alerta.

Sus ojos fueron atraídos hacia un horizonte nostálgico, donde la tierra se convertía en cielo, y el cielo en la tierra. El valle estaba cubierto con manchas de color amarillo, mientras los jóvenes narcisos intentaban florecer. El páramo olía a peras escalfadas, polen y mantillo.

Una neblina baja obstruía la vista.

Pero los avatares de Renee no aparecieron. NI un solo I-Amigo acudió en ayuda. Ninguna pantalla ofreció asistencia alguna.

Renee no tuvo más remedio que imaginar a I-Green por sí misma. Y aquí estaba, con un brillo en sus ojos y mil lentejuelas en el vestido.

Así que comenzó una conversación imaginaria en la mente de Renee:

"*Esa agua se ve divina*".

"Ah sí, el agua. Qué gran idea".

"*Soy bastante grande*".

"¡Yo soy, sí, yo soy!"

Renee caminó a través de la hierba crecida, desplazando semillas y aplastando el barro. Sintió que algo le rozaba el tobillo, saltó de miedo y luego sonrió con alegría. Escuchó unos ruiseñores que estaban parados sobre la zarza. También escuchó a una alondra que cantaba desafinada.

Se sentó junto al lago.

Su superficie brillaba, como si estuviera cubierta por un millón de gemas turquesas. Algunos lirios flotaban, sin alejarse mucho.

Renee se inclinó para beber, vio su reflejo en el agua, entró en pánico y dejó escapar un rugido diabólico:

"¡Aaagh! ¿Qué es esta fea bestia, escondida en este estanque? ¡Aléjate! ¡Aléjate! Vete, pegote corrupto".

Era la primera vez que veía su cara, sin haber sido editada por sus pantallas, y no podía creer que fuera la suya. La vista de su mejilla de plástico provocó en ella una mezcla de miedo y odio. Su ojo dañado por el Botox hizo que deseara gritar.

Se arrastró hacia atrás, se alejó del lago, se abrazó las rodillas, esperó, esperó un poco más y se sintió decepcionada al ver que el monstruo no regresaba:

"¿Por qué no querrá verme? ¿Soy demasiado hermosa? ¿Soy demasiado buena?"

Respiró hondo, hinchó el pecho y se arrastró hacia el lago.

Cuando asomó la cabeza sobre el agua, el monstruo reapareció desde abajo. Ella se impulsó hacia atrás y el monstruo igualmente se impulsó hacia atrás. Ella volvió y el monstruo volvió. Ella se movió a un lado y el monstruo se movió con ella:

"¿Cómo puedo lucir así? Yo era tan hermosa antes ¡No! Quiero volver. Quiero ser perfecta otra vez. Realmente no soy perfecta en absoluto".

Se acordó del hombre sin hogar:

"¿Por qué no pude hablar con él? ¿Qué pasa conmigo? ¿Por qué ya no soy perfecta?"

Imaginó su pantalla holográfica, observó cómo caían sus clasificaciones, observó cómo aumentaba su deuda y escuchó una infinidad de voces que hacían eco:

"Mi deuda podría borrarse con 6500 sencillos reembolsos".

"Me garantizarían un trabajo si regresara a Oxford Circus".

"Pertenezco a Podsville."

"Podsville es seguro".

"Este lugar es aterrador".
"Hay demasiado espacio".
"Hay demasiada libertad".
"¡Necesito escapar de esta libertad!" Se pellizcó el muslo:
"No, Renee, no. ¡No seas tan demente!"

En un intento de evadir estas voces, se puso los dedos en los oídos y miró hacia el exterior.

Todo lo que veía parecía contento. Estas flores florecían, inconscientemente, sin pensamientos ni deseos. Esos gansos consideraban la brisa bastante placentera. No había una sola tabla de clasificaciones a la vista. Estos patos no estaban compitiendo por bucear a más profundidad, hacer más ruido, o nadar más rápido. Aquellos árboles no estaban intentando monopolizar el aire.

Cada criatura era sensible a las necesidades de las demás. Cuando un pato se acercaba demasiado a un cisne, el cisne miraba hacia arriba y el pato retrocedía. Cuando la orilla se congestionaba, algunos gansos se lanzaban a nadar.

Renee observó a dos perros dormir juntos, entrelazados, usándose como almohadas. Vio a dos gatos lamerse entre sí para limpiarse.

"¿Qué es y qué están haciendo?" Preguntó a la versión imaginaria de I-Green.

I-Green se encogió de hombros.

"¿Por qué no son los miaus como yo? ¿Por qué esos seres no se ponen trampas? ¿Por qué los cuac no compiten? ¿Por qué los palos de colores no piensan? ¡Vaya idiotas! ¡Que maldita armonía! Oh yo, oh Dios mío",

Renee suspiró, sonrió y pasó las siguientes horas observando la escena.

***

Tan pronto como se recostó para descansar, comenzó a sentir comezón en el cuerpo. Desenvolvió su bolsa improvisada y se puso los pantalones y la blusa de repuesto. Masticó su salmón seco, comió su sustituto de calorías y miró a través de la hierba.

Vio un grupo de escarabajos en el suelo. Trabajando juntos, entre todos cargaban un ratón muerto para enterrarlo. Cavaron la tierra, arrojaron el ratón se turnaron para poner sus huevos encima.

Renee pensó que se estaba volviendo loca:

"¿Por qué esas bestias no están compitiendo? ¿Qué hay de malo en eso? Cualquier bestia individual podría haber tenido la cosa muerta para sí misma".

Su mente se aceleró:

"Pero, ¿soy realmente tan diferente? Quería comunicarme con el tipo del letrero tonto. Quería ser como las bestias divertidas".

Físicamente agotada por su caminata, y mentalmente agotada por las cosas que había visto, Renee no pudo controlar sus pensamientos:

"¿Por qué no pude decir 'Hola' al hombre tonto? ¿Qué pasa conmigo? Si las bestias pueden unirse, ¿por qué yo no podría?"

Aquel encuentro se repitió en la mente de Renee.

Aquí estaba ella, fija en posición, mirando fijamente el rostro del mendigo; aquella cara desgastada por el clima, que no había sucumbido a la vanidad Individutopiana. Aquí estaba ella, tratando de moverse, tratando de decir "Hola"; incapaz de moverse, incapaz de decir "Hola"; pivotando, corriendo, escapando, fallando:

"¡Pero quiero otro yo! Necesito otro yo. Tengo que tener otro yo. Y tendré otro yo. Lo sé, lo sé. Es mi misión, mi objetivo, y siempre logro mis objetivos. Soy Renee Ann Blanca. ¡Soy la mejor!"

"Pero, ¿y si me vuelvo a paralizar? ¿Qué si me encuentro con el mismo I-Other y este recuerda cómo fallé? ¿Qué tal si me encuentro con un nuevo I-Other y no puedo hablar o tartamudear, o solo puedo murmurar? ¿Qué si me encuentro con un grupo de I-Others? ¿Y si me miran, me señalan con el dedo y se ríen? ¿Es esto lo que quiero?

¡Sí! Necesito I-Others. ¿Pero, podré manejarlo? ¡No! No lo sé. Simplemente no lo sé".

Renee se retorció y se volvió. Se hizo cientos de preguntas diferentes, se le ocurrieron cientos de respuestas diferentes, pero no podía encontrar alguna que la satisficiera. El polvo se adhería a sus tobillos, su cabello estaba hecho nudos y sus puños comenzaban a deshilacharse. Se angustió por la desolación apresurada del cielo nocturno; por la superficie aceitosa del lago, que parecía estar vivo; y por la luna demacrada, que iluminaba todo, sin revelar nada en absoluto.

Aquella noche, pavorosa y salvaje, la habría mantenido despierta, si ella no estuviera tan exhausta.

Cerró los ojos y cayó en un sueño catatónico.

NORTE

"Pienso, luego existo."
RENÉ DESCARTES

Todavía estoy aquí, observando a nuestra Renee, pero ella no se ve tan clara como antes. No me siento como si estuviera con ella. La estoy mirando a través de una sola lente y la vista está restringida.

Como una hija que se ha ido de casa y rara vez llama, temo que nos estemos alejando. Mi amor por ella sigue siendo fuerte, pero no puedo estar seguro de si es recíproco.

¡Sólo mírala ahora! ¿Puedes verla aquí, con esta cara sucia y el pelo despeinado? ¿Alguna vez habías visto algo como eso?

Te doy mi palabra. ¡Los dolores de crecimiento son los peores! Renee está levantando su rodilla contra su pecho. Le provoca dolor estar acostada en ese sitio, rígida, en el suelo irregular. Hay insectos en su cabello, que está enmarañado; doblado hacia adelante y hacia atrás en mechones. Su mejilla de plástico ha adquirido un color dorado y su mejilla natural está enrojecida.

Se come el resto de su comida, se preocupa respecto a de dónde vendrá su próxima comida. Pero se levanta, bebe un poco de agua del estanque y continúa hacia el norte.

***

La vista de tantas casas abandonadas hizo que Renee se estremeciera de incomodidad. Casi podía ver las vidas que una vez habían sido vividas, y se sintió abrumada por el gran peso de su ausencia. Se sintió mal por las paredes, que parecían piel arrugada; por los techos inclinados, que arrojaban sus tejas; y por los cimientos, que se hundían en el suelo; enterrándose, en una procesión funeraria que había durado décadas.

Tomó la decisión consciente de evitar estos espacios urbanos siempre que pudiera. Caminó a través de una serie de parques y clubes de golf, mientras intentaba dar con el mismo cuervo que el día anterior.

Fingió que I-Green estaba a su lado.

Juntas, observaron el mundo natural con asombro, mantuvieron conversaciones imaginarias e hicieron preguntas que ninguna de las dos pudo responder. Sentían que la naturaleza tenía algo que enseñarles, pero no podían descifrar su lenguaje.

Vieron a algunas aves pasar volando en formación, sin darse

cuenta de que las aves más fuertes se turnaban para volar en la parte delantera. Vieron a un águila llamar a sus amigos, sin saber que los estaba invitando a cenar con los restos de un caballo muerto. Vieron a una variedad de criaturas jugar una variedad de juegos; persiguiéndose, luchando entre sí, vomitando restos y tratando de atraparlos:

"¿Por qué las bestias están haciendo eso?"
"No tiene ningún sentido".
"Las bestias están locas".
"¡Totalmente locas!"

***

Copiando a un ciervo, Renee había comido unos dientes de león para el almuerzo, pero esto había hecho poco para calmar su hambre. No había experimentado ningún tipo de publicidad, no anhelaba la comida sintética, y estaba ansiosa por descubrir qué golosinas podrían estar acechando en este extraño nuevo mundo.

Emergió al norte de Barnet:
"¡Wow!"
Un vasto prado se abrió ante ella.

El olor a mostaza de la colza llenaba el aire. Los charcos amarillos de este cultivo todavía cubrían el prado, pero de ninguna manera estaba solo. Por acá había algunos pastos y hierbas, que habían echado raíces poco después de que este campo fuera abandonado. Aquí había algunos arbustos, que habían llegado unos años más tarde. Y allí, camuflando una autopista distante, había una hilera de árboles, que habían brotado después de más de una década.

"Este personaje de 'Mamá' vive cerca de los polos marrones con sombreros verdes".

"¡Correcto!"
"Sí, así es".
"¡Sí! ¡De eso se trata! Debo encontrar esta 'Mamá'. ¡Necesito encontrarla ahora!"

Renee saltó por el prado, entusiasmada y emocionada, imaginando a I-Green a su lado. Tropezó con algunas zarzas, se cayó, se sacudió y siguió su camino.

Cuando llegó a los árboles, acarició su corteza marchita.
Entonces las vio, entre un roble y un olmo:
"¡Manzanas! Sabía que había algo en los polos tupidos. Ellas me aman. ¡Ellas son la respuesta!"

Realizó un salto mortal, sonrió con esa sonrisa tonta de ella, y levantó la vista en busca de su pantalla:

"¡Comida gloriosa comida!"

"*Probablemente sea la primera en el ranking de hallazgos alimenticios*".

"Probablemente". Renee hizo una pausa:

"Pero, ¿por qué demonios Nestlé ataría sus manzanas a este polo rodeado de arbustos? No tiene ningún sentido. ¿Por qué no entregarlas mediante un dron? Es tan... tan..."

"*¿Tan poco rentable?*"

"¡Tan improductivo!" Renee se estremeció:

"Tal vez es una trampa. O.M.R.! Nestlé quiere envenenarme, de esa manera, tendría que volver a Londres y comprar medicinas".

"Oh, ¿por qué me fui? ¿Por qué no podía hablar con ese hombre? ¿Por qué? ¿¿¿Por qué???"

"*Maldito Nestlé*".

"Maldita yo".

Renee se encogió, retrocedió y se sentó junto al olmo.

Sintió un impulso repentino de recoger una manzana, pero se contuvo, pensó en el hombre sin hogar, pensó en las manzanas, golpeó el olmo, e hizo clic en sus nudillos. Su apetito se hizo más intenso, se levantó y se dijo que era una trampa.

"¡Una trampa!"

"*¡Una trampa!*"

"Sí, una trampa rebosante".

***

El sol se arqueaba a través del cielo a paso de caracol.

Renee creía que todo estaba perfectamente quieto, hasta que un saltamontes saltó frente a su nariz. Saltó en la distancia, huyendo por su vida.

"¿Debo huir? ¿Estoy bajo ataque?"

"¡Ataque! ¡Ataque! ¡Vámonos!"

Renee se levantó de un salto, se detuvo y evaluó la amenaza. Solo encontró una sola hormiga:

"¿Qué? ¿Por qué? No tiene ningún sentido. ¿Por qué el insecto grande huiría del pequeño?"

"*Podría matarlo*".

"Podría haberse desayunado al pequeño bicho".

Renee reflexionó sobre este tema durante varios minutos, antes de ver una segunda hormiga y luego una tercera. Se estaban congregando alrededor de la guarida del saltamontes.

Ella tenía el pensamiento más extraño:

"El insecto grande no tenía miedo del pequeño insecto. Tenía miedo de miles de pequeños insectos, unidos como uno solo".

"Juntos se hicieron fuertes".

"¡Pero no! No tiene ningún sentido. ¡No, no, no! ¿Qué tipo de lugar es este, ¿dónde arriba es abajo y el negro es blanco? Los pequeños bichos no deberían estar trabajando juntos. Deberían estar compitiendo para ver quién es el mejor".

Una vena sobresalió de la frente de Renee.

Miró a dos hormigas tocar sus antenas. Una hormiga regurgitó algún líquido, que la otra hormiga consumió.

Aunque Renee observó toda esta escena, ignoró el intercambio de alimentos y se dijo a sí misma que las hormigas habían utilizado sus antenas para luchar.

Otras dos hormigas se unieron, levantaron una hoja que sobrepasaba varias veces su tamaño y se la llevaron.

Renee asumió que ambos querían la hoja para sí mismos y que se separarían en cualquier momento.

Continuó observando a las hormigas mientras el sol comenzaba a ponerse, dibujando colores fantasmagóricos en el cielo: Dorado, luego albaricoque, luego rojo. Era bermellón cuando dos conejos pasaron saltando por el pasto, encontraron una manzana, la compartieron y luego se alejaron.

Renee se rascó la cabeza:

"Eso se ve bien".

"No están envenenadas".

"No. En absoluto".

Se puso de pie, caminó hacia el manzano, se agachó y encontró una manzana en el suelo. Su corazón latía con fuerza. Levantó la manzana y la acercó a su rostro, la inspeccionó desde todos los ángulos, la llevó a su boca y mordisqueó su piel:

"¡Por el trono real que es tan dulce! Es mucho mejor que otras manzanas. ¿Pero por qué? ¿Es más dulce? ¿Es más crujiente? Es mejor, por supuesto, pero es imposible decir por qué".

"Imposible".

"No posible del todo".

Levantó la mano, cogió una manzana del árbol, la mordió y sonrió hasta que sus mejillas comenzaron a sufrir un espasmo. Luego, sonrió un poco más:

"¡Es incluso mejor que la anterior!"

Comió una tercera manzana y luego una cuarta:

"No me estoy meciendo. Pero siempre me muevo cuando como. ¿Por qué no estoy meciendo? ¿Por qué?"

Casi se asustó, se dio cuenta de que no importaba, tomó una quinta manzana y luego una sexta.

Al terminar, llena y completamente saciada, se hizo un ovillo y cerró los ojos.

**

El sol todavía estaba descansando en el horizonte, cuando Renee fue despertada por el sonido de pasos distantes.

Miró a través de las sombras y vio dos figuras fantasmales acercarse.

La primera, una mujer, era tan blanca como la leche. Parecía un esqueleto envuelto en logos de Nike. Su camisa estaba cubierta de agujeros, rasgada y manchada. Colgaba suelta de sus hombros torcidos. Parches de cabello colgaban de su cuero cabelludo.

¡Pero el hombre!

Renee nunca había visto un rostro estampado con tanta angustia y agonía. Era un macho alfa: alto, fuerte y robusto. Pero el brillo en sus ojos revelaba un nivel de miedo que traicionaba su complexión musculosa. Sostenía su cabeza unos diez centímetros por delante de su cuello, como si olfateara el peligro. Relinchó y se hinchó como un caballo, girándose bruscamente de lado a lado, con sus colmillos expuestos y sus manos listas para el combate.

Ignorándose entre sí y ajenos a Renee, manoteaban contra los cuervos que volaban sobre ellos; Caminando como zombies, con los brazos extendidos; serpenteando a la derecha, serpenteando a la izquierda, alcanzando el manzano, rodeándolo y rodeándose entre sí.

Renee se negaba a creer lo que veían sus ojos:

"Los I-Others no son reales. No podrían haber escapado. Eso significa que no soy única. ¡No! Esto no puede estar ocurriendo".

Ella abrazo sus rodillas:

"Existo. Lo sé, Tan solo lo sé. ¿Pero cómo? ¡Porque pienso! Pienso, luego existo. No puedo creer a mis propios ojos u oídos, lo que escucho o veo. Ese macho es un producto de mi imaginación. Esa hembra es luz y aire. Y no existe, pero yo sí. ¡Pienso, luego existo! *Soy* la única que ha escapado. *Soy* un individuo. ¡Yo – gano – la vida!"

El hombre mordió una manzana.

"¡¡¡¡No!!!! ¿Qué nuevo infierno nuevo es este?

"Si lo estuviera imaginando, no sería capaz de sostener esa manzana. A menos que la manzana fuera imaginaria también. Pero no, yo misma he sostenido una manzana. La manzana *es* real. Realmente se está comiendo una manzana. ¡Me está robando *mi* manzana!"

Renee gritó:

"¡Esa es *mi* manzana! ¡Mía, solo mía! ¿Como te atreves a tomar mi manzana? ¡Con un demonio! ¡Esa es mi manzana Dámela!

¡Dame mi Nestlé ahora!"

Renee se lanzó hacia delante y agarró la manzana, pero el hombre solo la empujó hacia un lado.

Ella aterrizó sobre su hombro, el cual inmediatamente comenzó a palpitar.

Quería hacer contacto visual y decir "Hola", pero su cuerpo se negó a poner sus pensamientos en acción. Sus músculos se tensaron, se volvió abrumadoramente consciente de sí misma, y abrumadoramente consciente del hombre. Le preocupaba que él pudiera responder, y le preocupaba que no lo hiciera.

Tuvo una idea:

"¡Espera un minuto! *He* hablado con él. Se lo dije 'Esa es mi manzana' y 'Dame mi Nestlé ahora'. Él y yo hicimos contacto cuando me empujó. ¡He hablado con otro yo! ¡He tocado a otro yo!

¡Puedo hacerlo, puedo hacerlo!"

Renee realizó un salto mortal. Esta vez, sin embargo, no volteó en busca de su pantalla. No se paralizó, ni tartamudeó, ni se dio la vuelta y huyó. No se preocupó por la reacción del hombre. Poseída por una avalancha de auto-confianza, se acercó al sujeto, le puso la mano en el hombro y habló en un tono grandilocuente:

"¡Hola! Soy Renee. Soy excelente".

El hombre empujó a Renee hacia un lado, giró la cabeza, gruñó y se comió otra manzana.

Renee se acercó a la mujer.

"Hola", dijo. "¡Existo! Estaba en el top ten de la tabla de rascamiento de cabeza".

La mujer no reaccionó.

Renee se volvió hacia el hombre y dijo "Hola". Se volvió hacia la mujer y le dijo "Hola". Hombre. Mujer. Hombre.

Ninguno de los dos reaccionó. "No es suficiente".

"Necesito hacer más".

"Necesito que reconozcan mi existencia".

"Necesito que respondan".

Corrió aquí, corrió allí, dijo "Reconózcanme", dijo "Soy la mejor", tocó a la mujer y pellizcó al hombre.

Hizo una pausa, se puso el dedo en el labio inferior y se dio cuenta de que sus compañeros no llevaban sus máscaras antigás. Intentó hacer contacto visual, perseveró cuando se estremecieron, se señaló la cara, se quitó la máscara de gas, se asustó, casi se la puso de nuevo, se calmó, colocó la máscara de gas en el suelo y levantó el pulgar.

El aire estaba delicioso. Lejos de la civilización, se había limpiado y regresado a su estado natural.

"¡Ahí!" Le dijo a la mujer. "Mírame ahora. ¡Me veo igual!" La mujer miró hacia arriba.

Renee captó algo en su rostro. Algo menor: una contracción, o tal vez un ablandamiento.

Renee quería más:

"Pero es probable que esté usando sus Plenses. ¿Qué más puedo esperar?"

Ella sonrió, suavemente, retrocedió, y se dirigió a la mujer desde lejos:

"Podemos hablar por la mañana. Quiero decir... no podía hablar con los I-Others al principio... es difícil. Entiendo. Necesitas tiempo. Por la mañana... hablaremos por la mañana".

La mujer no reaccionó.

Renee se encogió de hombros, suspiró y se acomodó debajo de un árbol.

Desde su posición baja, miró a los pájaros en las ramas más altas. Estos protegían a los pájaros más pequeños debajo de ellos, batiendo sus alas cada vez que un intruso se acercaba.

Renee miró al hombre, y luego a la mujer. Comprobó que estaban allí, y vio que eran reales. Se preguntó si la protegerían en caso de que se acercara un intruso.

Un gorrión volvió y compartió su comida.

Juntos, esos pájaros creaban una sinfonía de sonido. Era casi imposible de soportar. Pero cuanto más escuchaba, más se ajustaban los oídos de Renee. Notó las melodías, luego los ritmos, luego la alegría pura que mantenía unido al coro.

Esto arrulló a Renee y la ayudó a conciliar el sueño.

***

Sin embargo, ella no durmió mucho.

La despertó el sonido de un pesado jadeo. Podía oler el aliento cálido y húmedo que saturaba el aire. Podía sentir las huellas de la pata que hacía cosquillas en el suelo.

Ocho pares de ojos demoníacos brillaban como rubíes en la oscuridad.

Renee estaba rodeada de lobos. Estos eran enormes.

Cuando la población humana fue hacinada en Londres, la mayoría de las mascotas caseras murieron; encerradas en el interior de los hogares, sin acceso a alimentos o la capacidad de valerse por sí mismas. Pero algunos perros lograron escapar. Algunos se cruzaron con lobos, produciendo manadas inteligentes de perros lobo que merodeaban las praderas por la noche.

Renee podía verlos ahora. Podía ver sus ceños psicóticos, ojos corrompidos, mandíbulas abiertas, dientes afilados, piernas abiertas y orejas horizontales.

Su corazón comenzó a latir con fuerza.

Bah-boom. Pausa. *Bah-boom.* Pausa. *Bah-boom.*

Se incorporó, se estremeció y trató de evaluar la escena: "Nunca debería haber salido de casa".

"Podsville no es agradable, pero al menos es seguro".

"¿Qué debo hacer?"

"¡Sobrevivir!"

"Bueno, ¡duh!"

Renee levantó la cabeza, puso los ojos en blanco y buscó a sus compañeros.

El hombre estaba parado debajo de un árbol. Sus colmillos estaban expuestos, sus manos estaban extendidas y su chaqueta se agitaba como una capa.

Pateó algunas piedras mientras gritaba:

"¡A-woo-gah! ¡A-woo-gah! ¡Vete! Soy el tipo más fuerte en el planeta: lo mejor de lo mejor. Me comeré a todos los monstruos vivos".

Renee se sobresaltó por la voz del hombre. El sujeto continuaba resoplando como un caballo, lo que agregaba un eco a cada palabra que pronunciaba, pero su tono lo traicionaba. Sonaba como un niño de coro que había inhalado demasiado helio:

"¡Aaargh! Iré por ti ¡Dale! Estoy en el duodécimo lugar en el ranking de agresión. ¡Estoy en la cima de la Tabla de Matanza de Monstruos!"

Renee trató de no reírse.

Los lobos se acercaron más.

Renee se esforzó por no orinarse en sus pantalones. Se acurrucó en un ovillo e hizo todo lo posible por permanecer en silencio.

Por el rabillo del ojo, vislumbró a la mujer, iluminada por la luna naranja. La cabeza de la mujer se sacudió hacia el hombre, y luego de vuelta hacia los lobos. Tomaba respiraciones agudas, cortas y pesadas.

Superada por el miedo, preocupada solo por su propia supervivencia, Renee giró y se alejó corriendo; dejando a sus compañeros haciendo frente a los lobos.

Pero los lobos estaban obstinados con perseguir a sus presas. Saltaron a la acción. Se abalanzaron sobre la mujer y hundieron sus dientes en su cuello, que se rompió sin resistencia.

Renee casi gritó.

Dos cuervos graznaron.

El tercer cuervo se fue volando.

La sangre brotaba de la garganta de la mujer, brillaba a la luz de la luna y caía como lluvia carmesí. Las piernas de la mujer cedieron. Su torso cayó como una piedra.

Los lobos arrancaron la carne del hueso. Renee tembló:

"¿Qué están haciendo las bestias peludas? Si ellos quieren comer, pudieron haber pedido algo de comida en Amazon. No hay necesidad de ser tan malos".

Ella no sabía cómo reaccionar. La pura majestuosidad del ataque la había emocionado. La fuente de sangre la había llenado de fantasía. Pero la visión de la cabeza de la mujer, colgando flojamente de sus hombros, había asustado a nuestra Renee inmensamente. Su pecho se tensó y luchó por respirar:

"Esa podría haber sido yo. ¿Qué tal si soy la siguiente? ¿Por qué los I-Others son así? ¿¿¿Por qué???"

Ella no pudo evitar mirar fijamente:

"¿Por qué comerse a otro yo? ¿Por qué no comer algo de carne? No tiene ningún sentido".

Sentía que sus labios se resecaban:

"Las bestias peludas son más rápidas que yo, tienen dientes y uñas más afiladas. Pueden jugar este juego solas. Entonces, ¿por qué lo hacen juntas? ¿Por qué se dividen la comida? ¿¿¿Por qué???"

Renee tembló, tensó las rodillas, mantuvo una conversación imaginaria con I-Green, preocupada, asustada y esperó.

No tenía idea de cuánto tardaron los lobos en terminar su comida. Podrían haber sido segundos, minutos u horas. Pero los lobos finalmente terminaron, y Renee eventualmente se levantó.

Se acercó a los restos de la mujer. Los cuervos se callaron.

Los pensamientos de Renee se silenciaron.

Una pregunta solitaria surgió de su mente, se impuso y exigió atención:

"¿Debería haber ayudado?

"¡No! La mujer debería haber asumido la responsabilidad personal por sí misma.

"¿Debería haber ayudado?

"¡No! Sólo los más aptos merecen sobrevivir. ¿Debería haber ayudado?

"¡No! Ella debería haberse ayudado a sí mismo. ¿Debería haber ayudado?

"¿Debería haber ayudado? ¿Debería haber ayudado?"

EL DÍA DESPUÉS DE LA NOCHE ANTERIOR

"El aprendizaje surge cuando el espíritu competitivo desaparece."
JIDDU KRISHNAMURTI

Era mediodía cuando Renee se despertó.

Lo primero que vio fue un conejo blanco, que desapareció tan pronto como apareció.

Lo segundo que vio fue al hombre, que estaba masticando una manzana.

Renee se acercó a él por detrás, sorprendiéndolo y provocando que tirara su comida.

Sin entender lo que estaba haciendo, o por qué lo estaba haciendo, Renee se agachó, recogió la manzana y se la ofreció al hombre.

El hombre se congeló. No respiraba, su corazón no latía, no se movía, ni se sacudía. Permaneció en este estado de parálisis pétrea durante un segundo. Pero se repuso y, con un movimiento rápido, demasiado rápido para poder ser visto, tomó su manzana y empujó a nuestra Renee al suelo.

Renee se reprendió a sí misma:

"¿Por qué demonios hice eso?"

Se sentía como si otra persona hubiera establecido su residencia dentro de ella, tomara el control de sus extremidades y la obligara a hacer algo que nunca habría hecho ella misma. Eso la petrificó. Temía lo que podría hacer a continuación.

El hombre se veía lívido, y Renee no lo culpó:

"Si estuviera en su posición, habría querido asumir la responsabilidad personal y recuperar mi manzana yo misma. Estaría furiosa si otro yo se hubiera interpuesto en mi camino. ¡Estaría enojada!

"Oh Renee, ¿cómo podría estar tan...? ¡Aaagh!"

Ella sintió que no tenía más remedio que ejercer su individualidad.

Puesto que el hombre la había apartado, Renee se sintió obligada a jalarlo hacia ella. El hombre cerró los ojos, así que Renee abrió los de ella. Ella le dio un beso en la mejilla; succionándolo, con avidez, como un animal sediento que acababa de descubrir un pozo.

Renee sonrió.

El hombre frunció el ceño. Renee dijo "Lo siento".

El hombre permaneció en silencio.

Renee se acurrucó; inclinándose y guiñando un ojo, seductoramente, como Marilyn Monroe.

El hombre la ignoró.

Renee hizo un gesto para comer. El hombre dejó de comer.

Renee mordisqueó una manzana. El hombre devoró otra.

Renee aumentó su ritmo. El hombre aumentó su ritmo. Renee tomó una segunda manzana. El hombre agarró una tercera.

Semillas, núcleos y tallos cayeron como confeti orgánico.

Renee imaginó su pantalla en lo alto y la observó anotar: tres a dos para el hombre. Cinco y cuatro para Renee. Once diez. Dieciséis y quince.

Ella vio su ranking de comer manzanas ascender a los mil primeros... Los cien mejores... Los diez primeros.

Su vientre se hinchó y su estómago retumbó, pero a Renee no le importó. Estiró el brazo por encima de la cabeza, hizo una mueca, cogió otra manzana, jadeó y se la acercó a la boca.

Luego se derrumbó, colocó la manzana entre los dientes y se la comió sin usar las manos.

Renee había comido dieciocho manzanas, pero el hombre había comido veintiuna.

Descubrió una reserva oculta de energía, se levantó de un salto, tomó tres manzanas y las ingirió con furia erótica. Cayó de rodillas, se llevó las manos al vientre, se atragantó, escupió un poco de semillas y cáscara, miró al hombre y jadeó:

"Ya he terminado, maldita sea. ¡Veintiuna en total!"

El hombre se llevó las manos a sus costillas mientras avanzaba pesadamente alrededor del árbol. Necesitaba una sola manzana para ganar. Pero, fuera de forma e incapaz de levantar el cuello, no pudo localizar las manzanas restantes, que estaban anidadas en las ramas más altas.

Se derrumbó.

Después de varios momentos de ruidos estomacales, dolor de estómago, respiración profunda, resoplidos, jadeo y tos, el hombre finalmente miró a nuestra Renee. Dudó, se dio la vuelta, pasó la mano por la tierra, se calmó, se volvió hacia Renee, la miró a los ojos y sonrió.

Renee sonrió.

El hombre se rio. Renee se rio.

El hombre se dio la vuelta.

***

Renee se pasó los dedos por el cabello. Lo hizo por dos centímetros antes de notar que estaba enredado. Su nariz se sentía desmoronada al tacto. Sus axilas olían a vinagre y restos de carne.

Se dirigió a un arroyo, se lavó, bebió un poco de agua y regresó a su árbol.

Una suave neblina recorrió el prado: etérea, musgosa y descarada. La hierba se curvaba con la brisa, pero los arbustos se negaban a ceder. Una estrella solitaria parecía avergonzada de su lugar en el cielo diurno. Un grillo solitario chirrió durante varios minutos.

La tarde duró varias horas.

Sin ningún trabajo para llevar a cabo, ningún deseo de trabajar, o cualquier pantalla para distraerla, Renee se quedó en un estado de placentera quietud. Observó a un zorro arrojar algo de comida a un compañero, y a un grupo de hormigas, segura de que aún quedaban unas pocas manzanas en el árbol, y segura de su creencia de que el hombre pronto sería su amigo.

El vacío del tiempo dio paso a la densidad de la autorreflexión. Los ojos de Renee no podían dejar de mirar el cráneo de la mujer: hacia arriba, desprovisto de su carne, con un rostro que parecía gritar positivamente.

Tuvo visiones de la noche anterior: de los lobos acercándose, su corazón latiendo con fuerza, la mujer gritando, corriendo y finalmente dando contra el suelo. Los lobos saltando, mordiendo. La carne siendo arrancada, al igual que las extremidades. Además del agrietamiento de huesos, rocío de sangre, y el ver una vida que sucumbía, se extinguía; sin dejar nada a su paso, ni siquiera un reconocimiento superficial de que una persona hubiera existido alguna vez.

Esta visión se repitió hasta el infinito. Cada vez que se detenía, un cuervo graznaba, estimulando la memoria de Renee y obligándola a experimentar la terrible experiencia de nuevo.

Ella cuestionó cada detalle: ¿la cabeza de la mujer se inclinó hacia la izquierda o hacia la derecha? ¿Fue un lobo quien la mató o fueron dos? ¿Había realmente ocho lobos? ¿Estaba segura de que había una mujer? ¿Podría confiar en sus sentidos del todo?

Cuanto más dudaba de los eventos de la noche anterior, más se llenaba de miedo, horror, ira, culpa y vergüenza. Estaba atrapada en una espiral de emociones negativas, no podía sentirse agradecida por haber sobrevivido y no estaba dispuesta a creer que las cosas mejorarían.

Su rostro se puso morado, pateó un montón de hierba y se embarcó en un arrebato de ira:

"Es mi culpa que la mujer muriera... ¡yo pude haber sido la siguiente! Me lo merecía por no intentar ayudar. ¡Yo seré la siguiente! Soy lenta y débil, con dientes chatos y uñas endebles. ¿Cómo voy a sobrevivir en este mundo de colmillos, garras, cuernos y colmillos? Voy a morir. ¡No puedo hacerlo por mi cuenta!"

Renee quería acurrucarse dentro de su cápsula, hablar con sus avatares, consultar Facebook, twittear, administrar sus deudas, analizar sus clasificaciones, buscar empleo y completar un trabajo: cualquier cosa que mantuviera su mente alejada los eventos de la noche anterior:

"No puedo hacerlo, nada de eso. Todas mis cosas están en la ciudad".

Inventó nuevas distracciones: comparando el tamaño de sus dedos, contando el vello de sus muslos y paseando entre los árboles. También levantando sus rodillas ligeramente más alto con cada paso, hasta que se encontró pisando fuerte en el lugar.

Luego murmuró:

"No entiendo. Nada de eso. Necesito regresar a casa, donde todo es seguro".

Estaba luchando para respirar:

"Oh, ¡qué vacío sin fin! ¡Oh, qué océano infinito de duda!"

Se sentía desconectada de la vida. Ya no soñaba con pagar su deuda, comprar una cápsula o retirarse. Ella había perdido la esperanza de encontrar a 'Mamá'.

"*Soy lo que poseo*".

"¡No poseo nada! ¡No soy nada!"

"*Seré feliz en todo momento*".

"No soy feliz. No lo soy".

"*Soy única, soy mejor que todos los I-Others*".

"¡A los I-Others no le importa! Simplemente no importa".

A ella le preocupaba el hombre, los lobos y las manzanas. Además del frío, la oscuridad y la lluvia. Se preocupó por la falta de sentido de la existencia, Londres, sus I-Amigos, avatares, rankings, trabajo y cápsula:

"Quiero ir a casa. Necesito ir a casa. ¡Quiero tener acceso a internet! ¡Comer tostadas con queso!"

Su mente estaba decidida.

Se puso de pie y se volvió para irse. Pero, al levantarse, vio al hombre, que también estaba a punto de partir. También respiraba de forma esporádica, con una expresión malhumorada que revelaba su tormento interno:

"No estoy sola. ¡Está sufriendo tanto como yo!"

Renee notó los pectorales del hombre. Vio los suaves contornos de sus músculos abdominales, que se hinchaban debajo de su camisa, estirándola tensamente y revelando su forma carnal.

Como si leyera su mente, el hombre se subió la camisa por encima de la cabeza, exponiendo su brillante torso. Renee se quitó la camisa. El hombre se quitó los pantalones y la ropa interior. Renee hizo lo mismo.

Se quedaron allí, boquiabiertos, mirándose desde lejos:

"No se parece en nada a I-Sex. No es tan... falso. Mucho más... Real. Mucho más... Atractivo. ¡Tengo que tenerlo! ¡Tengo que tenerlo ahora!"

Se tocó la vagina, se tiró del clítoris y se frotó de lado a lado. Ella jadeó acariciando al hombre con sus ojos; siguiendo los contornos de su axila, cintura y pierna; explorando sus pies, subiendo por su muslo, y fijando su mirada en su pene.

Se quedaron allí, a varios metros de distancia, masturbándose juntos y chillando de placer tántrico:

"¡Tengo que tenerlo!"

"¡Tengo qué!"

"¡Sí!"

"¡Sí! ¡Sí! ¡Sí!"

Se miraron boquiabiertos, se sacudieron y gritaron, temblaron, se miraron a los ojos, alcanzaron los cielos y llegaron al orgasmo como si fueran uno:

"¡Sí!"

"¡Sí! ¡Sí! ¡Sí!"

Caminaron juntos y se derrumbaron en el suelo. Renee exhaló la felicidad:

"¿Es esto lo que he estado buscando? ¡Podría ser!

"Hmm... Tal vez esperaré hasta mañana, antes de regresar a casa. Quiero decir, ¿qué daño puede ocurrir si paso aquí una noche más?"

Una segunda estrella apareció en medio del crepúsculo ceroso. El hombre bostezó.

Renee bostezó, empáticamente, sin darse cuenta de que los dos bostezos estaban vinculados.

***

Cuando los lobos se acercaron esa noche, Renee y el hombre dormían debajo del manzano. Los cráteres de la luna estaban expuestos con un brillo claro. El viento silbaba en estrofas rotas.

Los lobos olían a una vieja carnicería, como sangre sobre hielo, carne cruda y ramitas de perejil. Su respiración era menos húmeda que antes, pero igual de vaporosa. Hacía sentir el aire como si fuera caldo.

Renee se despertó ante el hombre. Agarró una rama y se subió al árbol.

Los lobos se acercaron.

Este tenía las fauces abiertas. Sus dientes brillaban y su lengua colgaba suelta de sus labios. Ese lucía pensativo. De ojos estrechos y nariz puntiaguda, parecía estar evaluando la escena. Aquel parecía hambriento. Este parecía amenazador y malo.

El hombre se levantó, sacudido por la presencia de un peligro inminente.

"No", gritó con su voz de gatito. Pero le faltaba la presencia mental para arrojar piedras a los lobos, como había hecho la noche anterior. Se quedó allí, aturdido: inmóvil, desnudo e inactivo.

Los lobos se acercaron.

Renee sacudió una rama. Sus hojas cayeron como nieve esmeralda.

Tomó una manzana y se la arrojó a un lobo, fallando su objetivo.

Arrojó una segunda manzana, que golpeó al lobo más grande.

El lobo gimió, más por el shock que por el dolor, emitiendo un sonido agudo que luego se desvaneció.

Renee lanzó una tercera manzana, falló y lanzó una cuarta, que golpeó al lobo.

Este dio dos pasos hacia atrás.

"¡Ja!" Gruñó el hombre, con una ternura coqueta que traicionó su intención.

Renee se rio, sacudió la rama, lanzó algunas manzanas más y saltó, para aterrizar frente al hombre:

"¡Los comeré en el desayuno!" Los lobos retrocedieron un paso.

Renee saltó hacia adelante. Sus manos estaban extendidas y sus dientes expuestos.

El primer lobo se volvió, los otros se giraron, y todos se alejaron desapareciendo entre la hierba crecida, que se doblaba hacia el exterior, formando arroyos y olas.

El ataque había durado menos de dos minutos.

Renee no podía creer lo que había hecho. Una vez más, sintió como si otra persona hubiera tomado el control de su cuerpo. Esto la asustó más que el pensamiento de la muerte en sí misma.

En el borde, hipersensible a cada sonido y movimiento, se giró para mirar al hombre. Este se estaba vistiendo, apresuradamente, metiendo el pie en sus calzoncillos, casi tropezando y cayendo, colocándose los pantalones en las piernas y agarrando su camisa.

Parecía más muerto que vivo:

"¿Hacer eso? ¿Proteger a los I-Others? Pero, ¿por qué? ¿Qué clase de competencia es esta? No tiene sentido. Debo regresar a mi cápsula. ¡Con mis queridos avatares! ¡Podsville allá voy!"

El hombre agarró la máscara de gas de Renee y corrió. Un cuervo lo persiguió.

Renee lo persiguió; luchando entre los arbustos, mientras las espinas rasgaban su piel y el polen invadía sus fosas nasales.

Se detuvo, después de menos de veinte metros, y permitió que el hombre escapara:

"Déjalo ir, Renee. Solo porque sea un fracaso no significa que siempre deba ser así. Puedo ser más fuerte ¡Puedo ser la mejor! No voy a fracasar ¡De ninguna manera! Me quedaré, solo para ejercer mi individualidad. Seré diferente. ¡Yo - ganaré - la vida!"

SUPERVIVENCIA DEL MÁS APTO

"Las comunidades que incluyen el mayor número de miembros más comprensivos florecerán."
CHARLES DARWIN

Renee se ve como si hubiera escapado de un manicomio.

Sus ojos están hundidos, rodeados de una piel hinchada de color carbón. Necesita realizar un esfuerzo absurdo para abrirlos. Cuando lo hace, su mirada tiene un toque de reproche y crueldad.

Su cuerpo luce cadavérico. No se ve demacrado, como tal, pero sí parece más bien sin vida.

Sus uñas están llenas de arena. Su piel está rozada.

Observarla así me hace desear irme, irme a la cama y borrar de mi mente toda la lamentable escena. Pero, estimado amigo, simplemente no puedo hacerlo. Y supongo que tú tampoco deberías. Porque nuestra Renee está teniendo una revelación. Un nuevo capítulo está por comenzar...

***

La pradera despertaba en Renee más pesadillas de las que podía soportar. Cada vez que miraba a través de su extensión cubierta de hierba, pensaba en la mujer hecha trizas, el hombre que la había abandonado y su propio descenso a la duda.

Su estómago estaba sintiendo los efectos de su concurso de comer manzanas. Repleto de ácido málico, se agitaba y rugía.

Un ciervo pastaba, un pájaro comía un gusano y algunas hormigas llevaban una ramita.

"Aferrarse a un maldito mo... No están enfermos. Los seres de cuatro patas no comen en exceso. ¡Los de cuatro patas saben cuánto tomar! Los de cuatro patas no publican fotos en línea. Los pájaros viven en el momento. Cada bicho entiende su lugar en el conjunto.

¡Los bichos trabajan juntos!"

Se levantó de un salto y comenzó a gritar:

"¡Necesito una manada de bestias peludas! La voy a encontrar ¡Mamá! La encontraré. ¡Yo- Ganaré - la vida!"

Renee miró a su alrededor, olfateó el aire y esperó la inspiración.

El último cuervo restante voló hacia el norte en dirección a la autopista.

"Ah, sí, eso tiene que llevar a alguna parte".

Renee se preparó, trepó por el terraplén y se subió a la plataforma asfaltada. Esta tenía ocho carriles de ancho, agrietados y cubiertos de maleza, con pintura blanca todavía visible en algunos lugares. Una señal de óxido, cuyas esquinas se curvaban hacia adentro, mostraba líneas marcadas con los rótulos "M25" y "A1".

Renee se acercó a un auto sin ventanas, se subió, agarró el volante, pisó el freno y ronroneó:

"¡Broom-broom. Broom-broom. Roar! ¡¡¡Eeeek!!!"

Le recordó a un juego que había jugado en su cápsula, pero nunca lo entendió del todo:

"¡Soy la mejor en esto! ¡Roar! ¡Eeeek! ¡Diez puntos para Renee!"

Bajó del auto, continuó por la autopista, tomó una vía de acceso y entró en un bodegón marcado con un rótulo que decía "Bienvenidos: South Mimms".

Renee nunca había visto nada igual. No era de vidrio, como el polígono industrial de West End. No era algo de otro mundo, como las casas que había pasado en Londres. Se sentía raro: sin alma, vacío y ligero. Sin embargo, Renee sintió una extraña atracción por aquel lugar. No pudo evitar entrar.

Miró con la boca abierta, mientras paseaba por una serie de unidades llenas de estantes inclinados, refrigeradores y etiquetas de precios. Podrías decir que eran "Tiendas". Pero Renee nunca había visto una tienda. Para ella, ese lugar era un país maravilloso, como una escena salida de una película de ciencia ficción.

Siguió caminando, acariciando las barandillas de metal y las pantallas de vidrio, lanzando revistas al aire y bailando un tango con un maniquí desnudo.

Algunas de las marcas la asombraron. "Subway", susurró. "KFC. Waitrose". Vio algo que reconoció:

"Tómate Un descanso. Cómete un Kit Kat". Otro poster la hizo tararear:

"Nike: Solo hazlo".

"¡Sí! Puedo conseguir Kit Kats. Puedo conseguir un Nike. Puedo hacerlo. ¡Cualquier cosa es posible si creo en ella lo suficiente!"

Saltó de una tienda a otra, bailó por los pasillos y jugueteó entre las cajas. Pasó dos horas en ese lugar, antes de finalmente obligarse a irse:

"Manada de bestias peludas. 'Mamá'. Debo apegarme a la tarea que me ocupa".

Cruzó un puente y caminó por un camino rural.

Los árboles aquí parecían hundirse en la jubilación anticipada, con las ramas bajas y arrogantes, sin embargo, aún con lo que podríamos llamar "cualidades de cuento de hadas". Este tenía hojas que se aferraban a lo largo de su tronco, aquel parecía una dama bailando, y este reflejaba el cielo.

Renee estaba atónita. Estos "palos marrones con sombreros verdes" la llenaban de asombro. Los acariciaba, pasaba la nariz por su corteza e inhalaba su aroma nostálgico.

Caminó más allá de una desviación. No lo pensó ni un segundo, continuó, se detuvo y se dio cuenta de que algo andaba mal. Se volvió de puntillas, dobló el carril y se rascó la cabeza:

"Estas paredes no están agrietadas. Estas casas no son demasiado grandes. Se ven casi… casi… vivas"

Había seis casas adosadas a cada lado de la calle. Algunas estaban blanqueadas, otras cubiertas de hiedra. Tenían un aspecto agradable, estaban un poco destartaladas, pero se veían hogareñas y encantadoras. Esta tenía tejas que zigzagueaban a través del techo, cortando triángulos del cielo. La otra tenía ventanas que enmarcaban el camino de grava. Esta tenía un tapiz de características originales y apéndices no planificados, como barandillas de hierro tan antiguas como la casa, y muros que habían sido pintados en varias ocasiones.

Renee divisó personas invisibles en su interior: cocinando, hablando, bromeando y riendo. Escuchó su risa aguda y olió la comida proveniente de sus estufas.

Se abrió una puerta y salió una mujer de mediana edad. Solo llevaba una prenda de vestir: el pelaje de un animal, que se extendía desde los hombros hasta las rodillas. La mujer era bulbosa, con dientes ennegrecidos y la tez manchada. No parecía haberse sometido a cirugía plástica alguna.

Renee no pudo evitar juzgarla con dureza.

"¡Hola, extranjera!" cantó la mujer. "Bienvenida a nuestra humilde morada. ¿Por qué no entras y te unes a nosotros para tomar una taza de té de manzanilla?"

Renee se sobresaltó. Tuvo que recuperarse y fijar los pies en posición, antes de que pudiera siquiera pensar en la elaboración de una respuesta.

Una segunda mujer, que estaba desnuda del ombligo hacia arriba, apareció detrás del hombro de la primera mujer. A Renee le gustaron las plumas en sus oídos, y apreciaba el esfuerzo que había puesto en trenzarse el cabello, pero estaba horrorizada por la impudicia de aquella mujer.

Su rostro se arrugó en una mueca y se cubrió la nariz con la mano.

La segunda mujer dijo alegremente:

"¡Hola, hermana! Eres más que bienvenida aquí". Renee dio un pequeño paso hacia atrás.

Detrás de ella, se abrió una segunda puerta y salió un anciano. Tenía la tez amarillenta y su cabello era canoso, usaba un bastón y caminaba encorvado:

"Hola, cariño. Debes sestar desconcertada. No seas tímida, nos encantaría darte la bienvenida".

Una tercera puerta se abrió y apareció otro hombre. Llevaba un traje de tres piezas, unido por una colección aleatoria de parches y alfileres:

"¡Oh, qué agradable sorpresa! Sé un ángel y entra para comer una deliciosa rebanada de pastel".

Las otras puertas se abrieron con un breve ritmo de staccato.

Doce personas salieron. Todos se veían diferentes. Todos lanzaron cálidos saludos al aire.

Renee no sabía cómo reaccionar.

Ella se había sentido cómoda al tomar el liderazgo ella misma, presionando a sus compañeros en el prado para establecer contacto humano. Pero ahora que otras personas estaban controlando la narrativa, se sentía impotente y no pudo pronunciar palabra alguna. Estuvo cerca de decir "Hola" a la primera mujer, creía sinceramente que lo habría hecho y habría entrado en su casa; pero estaba abrumada por la mera presencia de tanta gente y por el derramamiento de tanto amor. Sí, ella quería compañía, y sí, quería amor; pero no tanta compañía, ni tanto amor. Estaba abrumada por el uso de palabras extrañas como "Nosotros", "Tú" y "Nos"; así como por su extraño aspecto y peculiar indumentaria.

Una parte de ella pensó: "Esta es mi manada de bestias peludas". Deseaba que fuera real.

Pero una parte mayoritaria de ella pensaba: "Esto no es real, no puede serlo. Los individuos no viven juntos de esta manera".

Ella pensó que podría haber imaginado toda la escena. No podía creer que aquella gente realmente deseara conocerla, asumió que estaban fingiendo su amistad, que tenía algún tipo de motivo ulterior, y que incluso podrían constituir una amenaza.

"¡Esto no es real!" gritó. "¡Ellos no son reales! ¡Nada de esto es real!"

Retrocedió, se dio la vuelta, dobló la esquina, se detuvo y se encorvó. Jadeó. Su aliento se volvió blanco. La humedad empañó su visión.

***

Después de unos minutos, Renee reconoció el olor de su propio perfume, a pesar de que no se lo había aplicado en días.

Confundida, se volvió y vio a una jovencita que le recordó a I-Original. También era bajita, con coletas y pecas. Aún no había llegado a la edad en que nuestros cuerpos comienzan a reflejar nuestras personalidades. Su piel aún era suave y su cara aún era simétrica. No tenía una sola mancha o cicatriz. Sus ojos eran curiosos, pero no sabios, y su frente estaba libre de líneas del juicio.

Renee sintió un gran consuelo por el olor del bollo de canela que sostenía esta chica. Pero solo podía levantar sus hombros, abrir sus palmas y encogerse de hombros. No podía formar ningún tipo de expresión facial.

La niña levantó el bollo:

"Tómalo. Es tuyo".

Renee lo tocó y reconoció que era real.

La niña puso su mano sobre el brazo de Renee.

El ser tocada con tanta ternura, por primera vez en su vida, le provocó a Renee una emoción trascendental. Una oleada de calor recorrió todo su cuerpo, suavizó su piel, masajeó sus órganos y enrojeció su cara. La oxitocina inundó su amígdala, mitigando sus miedos y ansiedades. Las endorfinas calmantes brindaron alivio a sus pies doloridos.

Renee encontró la fuerza que necesitaba para responder: "Qué... Err... ¿Qué significa 'Tuyo'?"

"Te pertenece".

"¿'Te'?"

"Sí. No es para mí, o para cualquier otro cabeza de doo-doo, es tuyo. Om nom nom nom nom".

"¿Es mío?"

"Sí. Tómalo. Tómalo hasta el último mordisquillo".

"No... No puedo".

"¡Cobarde albarde! ¡Gato tímido! ¡Pantalones miedosos! ¿Por qué no puedes tomarlo? ¿Eh? ¿Por qué?"

"Porque... porque no lo merezco. No he hecho nada para ganármelo".

"¿'Ganar'? ¡Esa no es una palabra real!"

"¡Es demasiado! Necesito trabajar, así podré permitirme comprar este bollo".

"¿'Trabajar'? ¿Qué es 'Trabajar'?"

"Cualquier cosa: Mover objetos, romper objetos, escribir reportes, correr, saltar, hacer saltos mortales. Eso... *Tú*... Solo dilo, puedo hacerlo. ¡Soy la mejor!"

La niña se rio. Era una risita coqueta, parte tonta y parte tímida. Sus mejillas se hincharon y sus pecas se estiraron, volviéndose más anchas, pero más tenues con cada risita adicional: "Puedes hacer algunos saltos mortales si gustas".

"¡Sí! Soy la mejor haciendo saltos mortales. ¿Cuántos debo hacer?"

La niña emitió algunos "umms" y "ahhs" antes de contestar: "¡Doce!"

Renee realizó los saltos mortales.

La niña extendió el bollo, se rio y lo retiró:

"Nah, eso fue fácil, como exprimir un limón. Ahora: da diez pasos pequeños en esa dirección, toca tu tum-tum, haz un roly-poly, olfatea el cielo, haz una reverencia y siéntate en tu traserito".

Renee hizo todo lo que le dijo.

La niña extendió el bollo, se rio y estuvo a punto de retirarlo. Pero fue detenida por su madre, que acababa de doblar la esquina.

La madre de la niña era una mujer de mirada profunda, ceño hundido, un turbante de cabello castaño y un par de ojos bulbosos. Las cuerdas del delantal se hundían innecesariamente en la celulitis que se envolvía alrededor de su vientre. Un aroma a cera de vela y a harina se aferraba a sus tobillos, parecidos a los de un cervatillo, que luchaban por sostener su más que amplia complexión:

"Curie, cariño, creo que nuestra amiga puede comer su pastelillo ahora, ¿verdad?"

Renee quiso preguntar sobre estas nuevas y extrañas palabras: "Su" y "Nuestra". Pero tenía hambre, y el bollo olía delicioso, por lo que lo tomó y comenzó a comer.

La madre sonrió:

"¿Como te sientes, mi amor?"

"Mi estómago está satisfecho, mis papilas gustativas están zumbando, pero me siento un poco flatulenta, y creo que empezaré a tirarme unos pedos muy pronto. Mis extremidades están un poco huecas de tanto caminar. Sí, ahí está, me he tirado un pedo... Hmm... Toda esta charla me ha dado sueño. Y... Y... ¿Se supone que debo preguntar cómo es? Quiero decir, ¿cómo estás? ¿es así como funciona? Será... tendrás que disculparme, nunca he hecho esto antes".

La madre sonrió:

"Sí, preguntar cómo estoy es encantador. Gracias. Estoy muy feliz".

"¿Por qué?"

"Porque he hecho una nueva amiga".

"¿De verdad? ¿Quien?"

"Tú, tontita. Ahora entra. Te hemos preparado un baño precioso".

Renee se puso roja:

"¡No, no, no! ¡Esto no es real! No puede ser. No tiene ningún sentido. ¿Por qué... por qué estás siendo tan amable? ¿Tan acogedora? Debes ser más egoísta, más natural. ¡Deja de burlarte de mí, horrible, desinteresado individuo!"

El rostro de la madre se volvió transparente. Los capilares dibujaban patrones azules en sus mejillas, y sus dientes podían distinguirse a través de su piel.

Renee cubrió su rostro:

"Lo siento. Es solo que... es... nada de esto tiene sentido". La madre asintió:

"No lo tiene, ¿no es así? Si estuviera en tu lugar, me sentiría exactamente igual. Pero no nos preocupemos por lo que tiene o no tiene sentido. Podemos lidiar con ese tipo de cosas en otra ocasión".

***

Después de que Renee tomara un baño, la llevaron a un dormitorio en un loft convertido.

Era un lugar que le resultaba difícil juzgar.

El hecho de que no hubiera ascensor, hizo que Renee resoplara con burla. Estas personas no tenían acceso a internet, avatares o pantallas. Renee no sabía si compadecerse o burlarse de ellos.

El dormitorio en sí tenía el doble de altura de la cápsula de Renee, con diez veces la superficie. Renee podía ponerse de pie sin golpearse la cabeza. Podía pasear entre la cama, la mesa de billar, la estantería y el armario. Pensó que estaba siendo mimada:

"Pero... No... Algo no está bien aquí. ¿Cómo podrían hacerlo y... cómo podrían permitirse un lugar así? Esta gente... *Ellas* ni siquiera saben el significado de palabras como 'Trabajar' o 'Ganar'.

¿Cómo podrían ganar un lugar así sin trabajar? Yo he trabajado toda mi vida y ni siquiera he podido comprar una cápsula. No es justo. No está bien. No debería confiar en absoluto en estos individuos".

Miró a través de la ventana:

"¿Cómo podría cualquier I-Other...? ¿*Cualquier*a, merece tal vista? Es divina ¡Simplemente algo no está bien!"

Estaba confundida, enojada, sorprendida, desconcertada, insegura e inestable. Hubiera podido sufrir un ataque, si no se hubiera distraído a causa de un hombre que se arrastraba por la calle. Temo decir que simplemente no puedo encontrar las palabras para expresar la absoluta vulgaridad de este hombre. ¡Lo odio positivamente! Hace que mi estomago se revuelva y me deja rígido de asco. Me desconcierta pensar que a alguien le pueda gustar.

Este hombre, este animal desnudo, se comportaba como un perro; caminando en cuatro patas, como si estuviera protegiendo las casas; comiendo carne cruda, bebiendo de un tazón. Jadeando, gruñendo, ladrando, aullando, arremetiendo y escarbando la tierra. Incluso tenía el aspecto de un perro. Su cuerpo estaba cubierto de pelo. Sus extremidades se habían acortado y doblado a causa de haber pasado toda una vida gateando a cuatro patas. Ni siquiera podría caminar erguido si lo hubiera intentado. Se decía que sus sentidos eran impecables, pero yo no me inclino a creer esos rumores.

Renee pasó su mano por la ventana, como si acariciara la piel de este hombre callejero. Sus ojos brillaban de manera especial. Sintió que había descubierto algo de vital importancia, pero no podía estar segura de qué se trataba.

Se quedó allí, paralizada, observando al hombre callejero ir y venir, ladrar, sentarse de forma triangular, estirar la pierna y orinar en una planta. Ella se habría quedado allí toda la noche si la madre de Curie, Simone, no hubiera golpeado la puerta y entrado:

"Vamos a la casa comunal. No tienes que venir con nosotros, pero eres más que bienvenida si decides acompañarnos..."

***

La 'Casa comunal' era una iglesia convertida del siglo XIII, con paredes de pedernal y ladrillo rojo. Las bancas habían sido empujadas hacia el frente, y se había excavado un fogón entre dos líneas de pilares blancos.

Más de un centenar de aldeanos estaban repartidos por el suelo, vestidos con una variedad e indumentarias de piel de ciervo, pieles de oveja, chaquetas de lana y ropa remendada. El hombre callejero, ese horrible desperdicio de carne y hueso, estaba acurrucado junto a dos perros de verdad; vigilando a nuestra Renee, que estaba sentada entre Curie y Simone.

Renee examinó a los otros aldeanos: aquel hombre de bigote espeso llamado Kipling recitó un poema llamado "Y sí". Aquella mujer de peinado masculino llamada Pankhurst, contó una fábula sobre una tortuga. Y aquella chica con mechones de jengibre llamada Boudicca, repartía galletas y pasteles.

A Renee le pareció que todos eran verdaderos individuos. Todos llevaban diferentes ropas, de diferentes maneras, y todos tenían roles distintos.

Un repentino estallido de ruido retumbó en los oídos de Renee. Cada hombre comenzó a cantar. Cada mujer respondió. Se tocaron tambores, los laúdes sonaron y los platillos vibraron. Los vellos del antebrazo de Renee se erizaron. Presionó sus palmas contra el suelo y se levantó en el aire.

La música se detuvo. Todos aplaudieron.

Un joven de pelo largo tocó una canción popular en su guitarra. Un cuarteto de barbería armonizaba. Un coro cantó "Libertad".

Un anciano de cabello plateado se puso de pie. Los riachuelos profundos en su frente se ablandaban y luego se endurecían; Subiendo y bajando como olas. Su barba parecía latir.

Todos aplaudieron:

"¡Hola, Sócrates!"

Renee tartamudeó la palabra "Hola" un segundo después de todos los demás.

Mientras el grupo hablaba sobre el suministro de granos comunales y el techo con goteras en la casa número siete, Renee se dio cuenta cada vez más de los ojos que la miraban desde todas las direcciones. Algunas personas la miraban brevemente y luego se daban la vuelta. Un hombre de mediana edad estaba mirando por encima de su nariz torcida. Un niño pequeño pellizcó el muslo de Renee. Una joven tiró de su cabello.

Renee gritó.

Este ruido sobresaltó al hombre callejero, que salió disparado de su canasta, cruzó la habitación y saltó hacia nuestra Renee. Habría plantado sus dientes en su cuello, de no haber sido atrapado por un grupo de mujeres heroicas.

¡Ahí! Te dije que estaba más allá del desprecio, y ahora lo has visto por ti mismo. ¡Su vulgaridad no puede ser negada!

El corazón de Renee latía como un tambor borroso; un conjunto de sonidos retumbantes. Se volvió para ver a Pankhurst, esta había tirado su té al suelo, se abanicaba la cara para tranquilizarse.

Sócrates se volvió hacia Renee:

"Querida, por favor disculpa al pobre Darwin. Él es un buen chico Bueno, lo es la mayor parte del tiempo. Es solo que... Bueno, fue abandonado cuando era un bebé en Londres, y habría muerto si no hubiera sido recogido y criado por perros salvajes. Es posible que hayas notado que actúa como un perro. Bueno, él tiene estos instintos incontrolables para protegernos a nosotros, a su manada, de quienes percibe como extraños y amenazas.

"Oh no, querida niña, por favor, ¡no te consideres una extraña o una amenaza! Tu eres una de nosotros Por Jove, ¡seguramente lo eres! Te invitamos a que te quedes con nosotros por el tiempo que desees".

Un suave rumor de aprobación serpenteó por la habitación. Algunas personas dijeron "¡Escucha! ¡Escucha!" Otros asintieron. Un niño pequeño aplaudió. Una niña pequeña arrojó una frambuesa. "Bueno, no queríamos ponerte en el centro de la atención de esta manera. Pero, viendo que has captado nuestra atención, ¿hay algo que quieras preguntar? No tienes que hacerlo, por supuesto, depende de ti".

Renee levantó su mirada.

Tranquilizada por la cálida afabilidad de aquel hombre, ella olvidó sus inhibiciones y le hizo la primera pregunta que le vino a la cabeza:

"¿Por qué es... por qué *su* pasto es verde?"

Sócrates frunció el ceño:

"¿Nuestro pasto? ¿Verde? Bueno, querida, todo pasto es verde". Renee negó con la cabeza:

"¡No! Eso no puede ser. ¡El pasto es azul!"

Sócrates sonrió. Era una sonrisa alegre, de color rojo cereza en algunos lugares, correosa en las costuras, con un aire distintivo de vivacidad temperada por la edad explicó:

"Sí, querida, el pasto es azul. Tenemos un pasto especial de color verde, porque así es como nos gusta".

"Oh. Eso... ¿*Ustedes* son individuos?"

"Bueno, sí, querida niña, ¡Supongo que lo somos!"

Sócrates le dio a Renee el tiempo que necesitaba para pensar en otra pregunta.

"¿Por qué las bestias peludas se comieron a la hembra que conocí en el prado? ¿Por qué no podían...? ¿Por qué *ellos* simplemente no pudieron haber comido carne?"

"Bueno, la gente *está* hecha de carne".

"¿Qué? ¡No! La carne se elabora en cubas gigantes. ¡Lo he visto con mis propios Plenses!"

Sócrates respondió:

"¿Ah sí? ¡Que fascinante! Tendrás que contarnos todo sobre eso".

Renee asintió. Sus preguntas surgían rápidamente: "'Cual de todos es...? ¿Cuál de ustedes es 'Mamá'?" La mayor parte de las mujeres levantaron su mano. Renee frunció el ceño:

"Tú... *Ustedes son*... ¿Todas ustedes son 'Mamá'? Pero... La cuestión es... Me encuentro en una misión para localizar a 'Mamá'. Hmm. Tal vez he tenido éxito. Quiero decir, Estaba buscando solamente a una 'Mamá' y me he encontrado más de treinta, así que... ¡Sí! ¡He alcanzado la clasificación más alta!"

Los ceños fruncidos se convirtieron en sonrisas, que a su vez se transformaron en risas. Simone palmeó la espalda de Renee y Curie le apretó el muslo.

Sócrates explicó:

"Una mamá, o 'Madre', es alguien que ha dado a luz a un bebé".

"¿Dado a luz?"

"Producido un bebé. Creado un niño, una persona. Aquí, después de que una mujer ha creado un bebé, lo cuida, los alberga y lo alimenta. Simone es una madre. Solo mira cómo se preocupa por Curie".

Renee sintió qué su cabeza vibraba. Zumbaba con mil preguntas acerca de los robots Babytron, la creación de bebés, Simone y Curie: "Entonces, ¿cuál...? ¿Quién de *ustedes* es mi madre? ¿Quién de ustedes me creó?"

Los integrantes de la audiencia bajaron la cabeza y se encogieron de hombros.

"¿Por qué? ¿Por qué un I-Other... ¿Por qué *cualquiera* ayudaría a un niño? ¿Por qué alguien ayudaría a otra persona? ¿Por qué...?

¿Por qué están *ustedes* haciendo esto? ¿Por qué me están ayudando?

¿Por qué? No tiene ningún sentido. ¿Qué ocurre con la responsabilidad personal? ¿No desearían ser hechos por ustedes mismos?"

Los murmullos llenaron el salón. Sócrates sonrió:

"¿No te gustaría escuchar nuestra historia? Tal vez te ayudará a entender la manera en la que actuamos..."

Renee asintió.

"Bueno, entonces, querida niña, creo que debería ceder la palabra a nuestros historiadores de la aldea: Chomsky y Klein".

Chomsky era todo lo que Klein no era. Él era grande, mientras que ella era pequeña. Él tenía cejas tupidas y una barba erizada. Ella estaba completamente desprovista de cabello. Chomsky era naturalmente dominante, aunque propenso a explosiones ocasionales de inmadurez infantil. Klein era diminuta y severa. Pero ambos estaban unidos por su amor común por la historia y por los huevos en escabeche.

Klein comenzó:

"Nuestras antepasadas y antepasados..." Ella hizo un gesto en dirección a una pareja de ancianos. "Se trasladaron a South Mimms poco después de la Gran Consolidación. Solo éramos trece en aquel entonces. Éramos los últimos sindicalistas que quedaban en la tierra".

Renee frunció el sueño:

"¿Sindicalistas?"

"Sí", explicó Chomsky. "Los sindicatos eran organizaciones a través de las cuales los trabajadores se unían para exigir mejores salarios y condiciones. Lograron grandes cosas, ya sabes; vacaciones pagadas, licencia de maternidad y el fin de semana de dos días. Pero estaban vinculados al socialismo..."

La mandíbula de Renee se abrió. Klein sonrió:

"Los socialistas creían en la sociedad. Ah... Sí... la sociedad es donde dos o más personas se unen para ser sociales... Umm... Para interactuar, como lo estamos haciendo ahora. Este grupo es una sociedad. Vivir con otras personas, en una sociedad, nos hace 'Socialistas'".

Renee casi da un puñetazo al aire:

"¡Sí! ¡Si, si, si! Eso es exactamente lo que pensé que quería. Quería interactuar con I-Others... con *personas*. Para ser una *cosa social*. Sí, una *Socialista*. Aunque debo decir que se siente terriblemente extraño ahora está sucediendo".

Chomsky asintió con la cabeza:

"Se siente extraño porque va en contra de todo lo que has experimentado. Naciste en un sistema individualista. Y, bajo el individualismo, no hay tal cosa como la sociedad. La gente no interactúa".

Klein continuó:

"Cuando los individualistas llegaron al poder, en 1979, se propusieron destruir la sociedad. Hicieron la guerra a los sindicalistas, llamándonos 'El enemigo interno'... Ganaron... Para cuando se llevó a cabo la Gran Consolidación, solo quedábamos trece de nosotros".

"¡Los trece grandes!" repitió Chomsky. "Los trece grandes", murmuró la audiencia. Klein se encogió de hombros:

"Habíamos perdido la batalla de las ideas. Y, aunque queríamos quedarnos y ayudar, la gente de Londres no nos dejó. A pesar de que estaban sufriendo, querían trabajar duro y hacerse responsables de sí mismos".

Chomsky continuó:

"Estábamos bajo una enorme presión para conformarnos, ¿sabes? No teníamos propiedades, ni trabajo, y temíamos ir a la cárcel o algo peor. Pero luego conocimos a nuestra salvadora, Anita Podsicle, propietaria de Podsicle Industries. Ella era una mujer excéntrica, que poseía una cuarta parte de Gran Bretaña.

"A Anita le interesaba mucho la antropología social. Como experimento, ella nos dio este pueblo y nos observó desde lejos. Supongo que éramos su pasatiempo: su pequeña tribu de socialistas.

"En los primeros días, Anita solía invitarnos a su palacio.

Siempre respondíamos a sus llamadas porque temíamos que nos enviara a Londres si nos negábamos. Pero esas reuniones se hicieron más infrecuentes por año. Y, cuando Anita falleció, perdimos contacto con su heredero y su hijo".

Renee asintió:

"Sí... Pero... Eso está muy bien y es excelente, explica mucho, pero realmente no responde a mi pregunta".

Chomsky y Klein fruncieron el ceño al unísono. Las líneas en la frente de Chomsky parecían extenderse sobre la de Klein.

"Nada de eso explica por qué... Por qué *ustedes* me tratan así.

¿Por qué me ayudan? ¿¿¿Por qué están siendo tan amables???" El rostro de Renee se endureció.

El rostro de Klein se suavizó:

"Cuando llegamos aquí por primera vez, establecimos una biblioteca y leímos cómo habían vivido los humanos antes de que surgieran las naciones. Resultó que sobrevivieron operando en equipos. Cooperando. Así que eso es lo que hicimos: construimos nuestra aldea en base al principio de la cooperación".

Chomsky tomó la batuta:

"Queremos ayudarte porque nos gusta ayudar, ¿sabes? Es lo que hacemos: cooperamos. Operamos en equipo. Compartimos.

"Hemos estado esperando décadas para dar la bienvenida a alguien de Londres. Eres la primera persona en llegar hasta aquí y estamos increíblemente emocionados de conocerte. Queremos compartir con ustedes. Está en nuestra naturaleza para compartir.

¡Compartir es el orden natural de las cosas!"

Mi estimado amigo: a veces es más fácil engañar a una persona que convencerla de que ha sido engañada. Si bien Renee hizo todo lo posible por comprender la historia del grupo, esta última afirmación llegó demasiado lejos.

"¡Están equivocados!" gritó ella mientras se ponía de pie. "¡Están completamente equivocados!" Gritó ella, mientras manoteaba, exigiendo la posesión del espacio a su alrededor. "¿Compartir? ¿El orden natural de las cosas'? ¡Qué tontería!

"Me doy cuenta de lo que ocurre; están aquí agolpados, husmeando, observando, escuchando; aplastándome, juzgándome, burlándome de mí, tratando de volverme loca con ese absurdo discurso.

"¡Son mentiras! ¡Son mentiras! Mentiras, se los digo, ¡mentiras! Londres no es malo. No necesito ahorrar. Puedo asumir la responsabilidad personal. Tengo avatares que saben lo que quiero. No necesito libros ¡Tengo internet! ¡Tengo acceso a toda la información del mundo! Tengo cientos de juegos de computadora, miles de accesorios virtuales, millones de I-Amigos y más. Tengo sustitutos de calorías, paté de proteínas y esmalte cordial. Tengo mi propio olor, mi propia ropa, mi propio todo. Soy un verdadero individuo. ¡Soy feliz! Tengo todo el gas de la felicidad que necesito. Lo que solicito, lo tengo. Tengo mucho más que cualquier otro I-Other aquí. Deberían desear lo que *yo* tengo, deberían desear *mi* ayuda. Soy Renee Ann Blanca. ¡Soy la mejor!"

Renee se quedó sin habla.

Había perdido el rastro de lo que estaba diciendo, y solo continuó porque pensó que se vería ridícula si se detenía.

Sus piernas se tambalearon, se balanceó y se desplomó en el suelo.

Curie le masajeó los hombros. Sócrates se rascó la barba:

"Mi querida niña, lo que dices es realmente cautivador. Estoy seguro de que no estoy solo cuando digo que me fascinaría saber más sobre tus I-Amigos y el paté de proteínas. Estoy seguro de que hay mucho que puedes enseñarnos. En tu propio tiempo, por supuesto. Cuando estés lista".

Las cabezas comenzaron a asentir.

"Bueno, lo que siento que mis amigos desean decir, si puedo permitirme ser tan audaz como para interpretarlos, es que todos estamos emocionados de conocerte. Tu dijiste que no solo habías tenido éxito, sino que obtuviste la puntuación más alta. Y, ¿sabes qué? Creo que tienes razón. Querida niña: ¡Superaste la maldita escala!"

Renee miró hacia arriba.

El orgullo que sentía, que no podía entender, y mucho menos describir, no se parecía a nada que hubiera experimentado antes.

"Querida niña: llevamos décadas esperando que un londinense llegue a nuestro humilde pueblo. Oramos por tu llegada, soñamos con tu llegada y casi perdimos la esperanza. ¡Pero aquí estás! ¡Tan seguro como que la noche sigue al día, aquí estás, en persona, parada frente a todos nosotros!

"Perdónanos por nuestros errores. Simplemente no esperábamos que llegaras *justo aquí, ahora mismo*. Habíamos dejado de creer. Pensamos que todos en Londres habían muerto.

"El que tú hayas sobrevivido en esa Individutopia durante tanto tiempo, sin contacto humano, sin suicidarte, sin morir de hambre… Bueno… ¡Simplemente es sorprendente! ¿Y el que hayas escapado? Nadie ha llegado tan lejos antes. Renee: ¡eres una heroína ¡Una heroína de la vida real, de sangre caliente y rugiente! ¡Única en su clase! ¡El último individuo!

"Preguntaste por qué te ayudamos. Bueno, te ayudamos porque merecías que te ayudaran. Eres especial. La única persona que ha escapado de Individutopia. La única persona que ha llegado hasta aquí. ¡La mujer que rompió la balanza!

"Por supuesto que mereces ser ayudada. ¡Te mereces hasta la última cosa que se te presente!"

Los aldeanos se habían puesto de pie. Aplaudían, golpeaban el suelo con los pies, bailaban, sonreían y aclamaban:

"¡Renee! ¡Renee! ¡Renee!"

Animada por la pura euforia de la situación, Renee se unió a ella. Bailó en medio la multitud y gritó junto a ellos.

Incluso después de haber sido llevada a casa, acostada en su cama y dejada sola para que pasara la noche; su cabeza aún resonaba con el sonido de aquellos aplausos. Su mente aún estaba llena de visiones de los eventos de aquel día. Por primera vez desde que se marchó de Londres, Renee no se preocupó por la comida, el futuro, los perros lobo o el clima. No extrañaba su cápsula, sus avatares o sus empleos. No fingió que I-Green estaba a su lado. Sonrió, cayó en un sueño feliz y soñó cien sueños.

EL CAMBIO ES LO ÚNICO CONSTANTE

"Los individuos no cambian. Simplemente revelan su verdadero ser."
ANÓNIMO

Las siete personas que vivían con Simone estaban reunidas alrededor de la mesa del desayuno; sirviéndose pan, que Simone había horneado; huevos, que Curie había recogido; y algo de miel de la colmena del pueblo.

Renee hizo una pregunta que había estado considerando desde su llegada:

"Si ustedes no trabajan, ¿cómo compran las cosas que necesitan para sobrevivir?"

Simone sonrió. Era una gran sonrisa, que comenzaba en lo más profundo de sus ojos, se deslizaba por su nariz e iluminaba todo su rostro:

"Nosotros no 'compramos' cosas, las hacemos.

"Somos afortunados en varias maneras. Tenemos una gran cantidad de casas, por lo que no necesitamos construir. Reparamos o reutilizamos nuestras ropas. El asunto principal para nosotros es la comida. Pero tenemos mucha tierra, y la madre naturaleza nos trata bien. A algunas personas les gusta cuidar a los animales. Otros se enorgullecen por plantar y cosechar los cultivos. Para ellos, es un pasatiempo, no un trabajo. Nadie 'Trabaja', per se. Para nosotros, la mentalidad de trabajo duro es una mentalidad de esclavo. Nosotros *deseamos* contribuir, tomar la *Responsabilidad Colectiva*, pero depende de nosotros elegir lo que hacemos. Solo pasamos unas veinte horas a la semana haciendo el tipo de cosas que tu denominarías 'Trabajo', pero no lo consideramos una carga".

"Pero... espera... ¿Qué pasa si alguien lo considera una carga? ¿Qué pasa si no quieren contribuir?"

"No tienen que hacerlo".

"¿Y luego que?"

"Si no les gustan nuestras maneras, son libres de irse".

"¿Alguien ha hecho eso?"

"Una vez. Un tipo llamado Tyler se marchó a Londres en los primeros años".

"¿Que ocurrió?"

"Regresó después de cuatro días, drenado de la vida, y murió unas semanas después".

"Oh".

Renee tocó la mesa:

"Entonces, ¿cómo contribuyen?"

"Buscamos comida silvestre. De hecho, vamos a dar un paseo por la naturaleza esta mañana. Eres más que bienvenida a unirte a nosotros".

Renee asintió, se detuvo y frunció el ceño:

"Espera... Entonces, en lugar de trabajar, ¿van a caminar?" Simone se rio:

"¡Sí! Tomaremos nuestras bolsas y lanzas, caminaremos a algunos lugares escondidos, recogeremos algo de comida, tal vez cacemos un animal y obtengamos una buena pieza en el camino".

"Oh".

"Creo que comenzaremos dirigiéndonos a nuestro manzano favorito. ¿Te gustan las manzanas?"

"Sí. Oh sí. Pero..."

Renee fue golpeada por una repentina punzada de culpa. Su calor se precipitó hacia su centro, y sintió como si el resto de su cuerpo se estuviera derritiendo. Le costó un enorme esfuerzo, y una pequeña parte de coraje, admitir lo que había hecho:

"Este palo de manzanas... *Árbol*... ¿Está en un prado cerca del camino gigante?"

Todos asintieron.

"Bueno... la cosa es... Creo que puedo tener... Ya sabes, son solo manzanas, ¿verdad? Bueno, podrían no serlo. Quiero decir... Tal vez... Tal vez ese árbol no tenga manzanas en este momento..."

Simone sonrió:

"Quieres decir... Oh, ya veo. Bueno, eso está bien. Conocemos muchos otros manzanos. ¡No te preocupes por eso!"

***

Renee estaba emocionada de ver a tantas mujeres mientras paseaba por South Mimms. Aquí estaba una señora con cara de halcón, que paseaba cinco perros. Su ropa estaba cubierta de pelo de gato y sus bolsillos estaban llenos de hurones. Acá estaba una señora con un cuello esférico, que llevaba una jarra de leche. Allí había un grupo de amigos parloteando. A su derecha, algunas niñas jugaban a la rayuela en la calle.

Renee asimiló estas escenas.

Notó que su calle estaba separada del resto de la aldea por un pequeño parque y un mosaico de parcelas de formas irregulares. Un camino corto conducía a un pub, "El Ciervo Blanco", se trataba de un edificio de estilo imitación Tudor, cubierto de pintura blanca y madera negra. Detrás de aquel pub se encontraba una mezcolanza de casas vacías con techos inclinados y amplios jardines delanteros.

Renee serpenteaba por un lado y luego por el otro, con los ojos atónitos, mirando boquiabierta todo lo que ocurría. Acariciaba los ladrillos y las cortezas, escuchaba el sonido del viento e inhalaba los aromas de la hierba cortada y la madera quemada.

***

Cuando Simone le pasó una bolsa de la tienda de la aldea, una habitación adjunta a la casa comunal, Renee dio un paso atrás y levantó las palmas de las manos:

"No puedo... yo... yo... no he hecho nada para ganármelos".

Simone puso los ojos en blanco y se rio:

"No otra vez. Como eres, Renee Ann".

"Oh. Lo sé. Lo siento. Es solo que... todo esto es tan nuevo para mí. Quiero decir, entiendo la lógica, pero la aplicación... es solo que... siento que estoy respirando agua y bebiendo el aire".

Simone sonrió:

"Mira a ver si puedes tomar esto sin problemas. ¡Puedes hacerlo, mi amor, tú puedes!"

Renee sonrió, tomó la lanza de Simone, tomó la mano de Curie y las siguió hacia el exterior.

***

Pasaron junto a una multitud.

"Parece que eres popular", explicó Simone. "¡Todos quieren conocer al mesías!"

Renee escondió su cabeza dentro de su camisa.

"Ahora. Te sientes un poco intimidada, ¿verdad? No te preocupes, mi amor, está bien. No tienes que hablar hasta que estés lista".

Su grupo pasó por un revoltijo de casas endebles, espacios verdes, vacas y molinos de viento. Una solitaria columna de humo se elevaba a lo lejos, sinuosa, y se perdía en el aire sin viento.

Para cuando salieron de la aldea, aquel desagradable hombre callejero estaba saltando al lado de Renee, indiferente al barro congelado, meneando su trasero en el aire y jadeando con su vil y espeso aliento.

Renee habló con voz grandilocuente:

"¡Estoy lista para responder una pregunta!" Nadie dijo una palabra.

La mayoría de los aldeanos tenían preguntas que hacer, pero no deseaban ser tan presuntuosos como para hablar primero.

En tales situaciones, generalmente son los jóvenes, que carecen de la trémula precaución de la edad adulta, quienes están preparados para salir a la luz. Este caso no fue la excepción.

Un niño de unos once años rompió el silencio:

"¿Como lo hiciste? Escapar, quiero decir. ¿Cómo escapaste?" Renee rio:

"Caminando".

"¿Nadie te detuvo?"

"No. Supongo que siempre había tenido la libertad de irme, simplemente había elegido no hacerlo".

"Entonces, ¿por qué lo hiciste? Quiero decir, ¿por qué te fuiste?"

"Quería conocer a otras personas".

"Oh. ¿Y no podías conocer a otras personas en Londres?"

"Nunca había visto a otra persona en Londres".

"¿No hay gente allí?"

"Los londinenses visten Plenses, los cuales les impiden ver a alguien más".

"¿Qué ocurrió? A los tuyos, quiero decir. ¿Qué les ocurrió a los tuyos?"

"Me los quité".

La comitiva murmuró. Kuli levantó sus manos:

"¡Increíble! Habíamos oído hablar de personas cuyos Plenses se habían caído, o que se habían olvidado de ponérselos, pero pensamos que todos se habían vuelto locos. Nunca habíamos oído que alguien eliminara sus Plenses por elección propia. Eso es...

¡Prodigioso! ¡Increíble! ¡Único!"

El grupo se detuvo en una planta de zarzamora.

Renee respondió a sus preguntas a su vez, describiendo sus Plenses y explicando lo que sucedió cuando ella se los quitó, describiendo su pantalla, deuda, trabajo, avatares, I-Amigos, cápsula y clasificaciones. También explicó acerca de la comida que comía, los accesorios que usaba y la misma ciudad de Londres. Habló sobre su

Momento Eureka, su fuga y su travesía hacia South Mimms.

Para cuando terminó, los aldeanos habían llenado varias tinas con moras, y tres sacos con manzanas. Además, habían recogido algunas ortigas, flores de saúco, berros, setas y acederas. También habían revisado sus trampas y sacado siete conejos.

Mientras se dirigían a casa, Renee fue presa de otra punzada de culpa. Sentía su estómago pesado y sus extremidades ligeras.

"Estas personas me han dado tanto", pensó. "Me han alimentado, alojado y bañado. Me escucharon, me llevaron con ellos y me enseñaron qué comida debo comer. ¿Y qué les he dado a cambio? ¡Nada! ¡Absolutamente nada! No está bien. No es justo".

Miró a la naturaleza en busca de inspiración.

Vio un roedor, un topillo bebiendo de un arroyo, y se sintió obligada a buscar agua para sus amigos, pero no tenía vasos ni botellas. Escuchó el canto de un pájaro y pensó en cantar, pero le preocupaba cantar fuera de tono.

Mientras doblaban una curva, vio que una vaca lamía a su hija y la limpiaba. Para Renee, parecía la cosa más hermosa del mundo: natural, cuidadosa y saludable. Se volvió hacia Simone, le agarró la cabeza y le pasó la lengua por el costado de la cara.

Simone se apartó, instintivamente, dibujando en su rostro una expresión que mezclaba disgusto y confusión. Pero el hombre callejero reaccionó igual de instintivamente y con la misma rapidez; se levantó sobre sus patas traseras, colocó sus patas en el hombro de Renee y lamió su mejilla con alegre abandono.

Perdidos en el momento, ajenos a sus amigos, se lamieron uno al otro. Continuaron lamiéndose, de arriba hacia abajo, hasta que notaron que todos los estaban mirando.

Renee se apartó de inmediato. El silencio cayó del cielo.

El hombre callejero persiguió su trasero y se acurrucó en un ovillo.

Simone sonrió.

Sus camaradas soltaron una carcajada.

***

Renee trató de explicar:

"Deseo contribuir. Quiero ser parte del grupo". Simone respondió con ojos sensitivos:

"Sientes como si no estuvieras encajando aquí ¿no es así? ¡Pero no es así! Créeme: *Encajas perfectamente*".

"¿Sí?"

"¡Sí! Mira cómo has dejado de llamarnos 'Esos'".

"Oh".

"Lo estás haciendo genial".

Simone colocó su brazo alrededor del hombro de Renee y la condujo al almacén:

"Muy bien, mi amor, por favor, pásame la lanza". Renee no pudo hacerlo.

Ella nunca había pedido nada prestado, nunca había compartido y nunca había devuelto algo que le gustara. Para ella era un concepto totalmente extraño. Se estremeció. Sabía que debía devolver aquella arma, pero sus manos se negaban a ceder.

Extendió la lanza, Simone trató de tomarla, pero Renee la retiró de nuevo.

Simone miró a los ojos de Renee, los cuales se habían teñido de un rosa pálido, se detuvo y la soltó.

"Está bien", dijo. "Está bien. Si estuviera en tu lugar, también querría conservarla".

El tono dulce de la voz de Simone ayudó a masajear la mente de Renee. Sus músculos se relajaron, se tensaron, y luego se volvieron a relajar. Su agarre se aflojó y dejó caer la lanza.

Simone exclamó:

"¡Bien hecho! Ahora entra, amor mío, entra".

Renee siguió a Simone a la casa comunal, donde colocaron el fruto de su labor sobre un conjunto de mesas de madera.

Tan pronto como terminaron, una anciana encorvada, que olía a cebolletas, tomó sus manzanas y las colocó en su carrito.

Furiosa, sintiendo que le habían robado, Renee agarró tres bolsas de arpillera y las llenó con harina, cerdo curado, brócoli, lechuga y tomates. Tomó un puñado de queso cottage y se lo metió en la boca.

Nadie dijo una palabra. No necesitaban hacerlo. Ya habían formado un círculo alrededor de nuestra Renee. Estaban apuntando con sus dedos índices y parpadeando con velocidad agresiva.

Algunas cuajadas goteaban de los labios de Renee.

Decidida a seguir adelante, tomó algunas zanahorias, las metió en sus bolsillos y avanzó por la mesa.

Los aldeanos se acercaron.

Renee sintió que su corazón se hundía y su fuerza estallaba, para luego absorberla hacia su núcleo. Sus extremidades se sentían vaporosas. Su cabello se sentía caliente.

Sin saber a ciencia cierta lo que estaba ocurriendo, pero segura de que deseaba detenerse, Renee sacó sus tomates y los colocó sobre la mesa.

Los aldeanos retrocedieron.

Renee devolvió las demás verduras. Los aldeanos bajaron los brazos.

Renee devolvió el cerdo y la harina. Los aldeanos se dispersaron.

Curie le dio a Renee la señal de los cinco dedos. Simone sonrió:

"Eso fue increíble. ¡*Estuviste* increíble!"

"Ah... Ah... ¿Lo estuve?"

"¡Sí!"

"No comprendo. Yo... Yo... ¿Qué fue lo que ocurrió?"

"¡Vergüenza! ¡La autoridad de la opinión pública! Así es como mantenemos el orden. Si alguien toma demasiado, o da demasiado poco, lo avergonzamos, para animarlo a cambiar su forma de ser".

"Oh".

"¡Y eso es lo que hiciste!"

"¿Lo hice?"

"Sí, mi amor, sí. Te diste cuenta de que habías tomado demasiado y corregiste tu error".

"Oh".

"Ahora eres una de nosotros".

"¿Sí?"

"¡Sí! Nos encanta tenerte por aquí".

"Pero... Pero... Realmente no entiendo lo que he hecho. Esa anciana se llevó todas mis... Todas *nuestras* manzanas. Sólo la estaba imitando. ¿Cómo es que ella no fue avergonzada?"

Simone rio:

"Oh, la anciana Wollstonecraft es una maestra panadera, la mejor del pueblo. Ella convertirá esas manzanas en deliciosas tartas, que traerá aquí mañana. Créeme: no has probado nada como un pastel de Wollstonecraft".

Renee pensó por un momento, chasqueó los dedos, tomó una bolsa y la llenó con harina y queso.

Simone se rascó la cabeza:

"¿Qué estás haciendo?"

"Quieres decir, '¿Qué *estamos* haciendo?' *Vamos* a hacer tostadas con queso para todo el pueblo. Si esa anciana puede hacerlo, también podemos hacerlo. Simone: ¡Vamos a ser los mejores!"

***

Después de que hubieron comido y horneado un poco de pan para las tostadas con queso, Renee deambuló sola por ahí. Estar en presencia de tanta gente, durante tanto tiempo, la había dejado sumamente agotada. Necesitaba pasar algo de tiempo a solas.

Observó la vida del pueblo desde lejos, como si fuera un turista en un museo viviente.

Por aquí, una joven masajeaba un poco de cuero con devoción artística. Por allí, dos hombres molían granos; riendo, bromeando y arrojando harina.

Renee reconoció a una pareja de la caminata de esa mañana. Estaban sentados bajo un roble, tejiendo chaquetas, charlando y sonriendo. A Renee le pareció que eran mucho más productivos de lo que ella había sido, a pesar de que no parecían intentarlo.

Pero fue la visión de cuatro madres jóvenes lo que más inspiró a Renee.

Ella había estado pensando en aquella palabra, "Mamá", desde que Sócrates le había explicado lo que significaba. Para Renee, tenía un encanto quijotesco.

"Mamá", susurró, suavemente, rodando la palabra alrededor de su lengua. "Madre… Ma-dre… Mamá. Madre. Mamá".

Las madres estaban sentadas sobre una manta. Una cepillaba a su hija, retirando los piojos de su cabello antes de atarlo en trenzas. Otra amamantaba a su bebé.

Renee nunca había visto nada igual. Se estremeció, se cubrió la cara y espió a aquella mujer entre las grietas de sus dedos.

Las mujeres se rieron. Renee se rio.

Ella se volvió hacia los niños.

Un niño llamó a una niña y la invitó a unirse a su juego. Acordaron un conjunto de reglas y comenzaron a jugar; creando cadenas de ranúnculos y margaritas, persiguiéndose, atrapándose y colocando esas cadenas alrededor de sus cuellos.

Un niño pequeño señaló algunas flores, que estaban fuera de su alcance. Un niño mayor las tomó y se las pasó.

Al ver esto, una de las madres se puso de pie, se acercó y recompensó al niño con una galleta. Este la rompió en pedazos y la compartió entre sus amigos.

Esto le recordó a Renee la extraña declaración de Chomsky:

"Compartir es el orden natural de las cosas".

Solo que aquí, no parecía tan extraño. Parecía natural. Tan natural, de hecho, que hizo que Renee cuestionara por completo su cosmovisión.

Deseando eliminar tales dudas lo más rápido que pudo, se acercó a un grupo de adultos que jugaban al fútbol. Inspirada por los niños, les preguntó si podía jugar.

A pesar de que luchó por mantenerse al día, tropezándose con sus pies y haciendo brillar la pelota, se abrió camino hacia la portería. Se sorprendió cuando decidió pasar en lugar de tirar a gol. Se sorprendió aún más cuando sus compañeros la felicitaron a *ella* y no al anotador.

Pasó el resto de la tarde hablando con los otros jugadores, visitando la biblioteca y bailando en la casa comunal.

Cuando regresó a casa, preguntó si podía dormir con Curie y Simone:

"He pasado toda mi vida durmiendo sola. Esta noche, me gustaría compartir una cama".

Curie asintió. Luego bostezó.

Renee bostezó en respuesta, con empatía, miró a los ojos de Simone, dio un paso adelante y abrazó a su amiga.

Cada terminación nerviosa de su cuerpo se llenó de un cosquilleo de deleite.

Era el primer abrazo de Renee, y le provocó un subidón orgánico. La oxitocina y la dopamina inundaron sus venas. Sus niveles de cortisol se redujeron, eliminando su estrés y tensión. La serotonina destruyó su soledad. Las endorfinas bloquearon los receptores del dolor en sus pies doloridos. Su presión arterial se redujo, aliviando la presión sobre su corazón.

Renee se sintió solicitada, necesitada, apreciada y amada.

EL ÚLTIMO CORTE ES EL MÁS PROFUNDO

"Todo nuevo comienzo surge del fin de algún otro comienzo."
SENECA

Renee se había ajustado a la vida comunal.

Abrazaba a sus compañeros de casa, estrechaba la mano de los aldeanos y palmeaba la espalda de otras personas. Su afecto hacia Simone crecía, se extendía, hasta que sintió una conexión con casi toda la gente que conocía.

Pero los efectos no eran puramente psicológicos. Renee se volvió más saludable y energética. Después de quince días en South Mimms, menstruó por primera vez.

Su manera de hablar evolucionó. Aprendió los nombres de animales y árboles, y comenzó a usar palabras como "Nosotros", "Nos", "Ustedes" y "Su".

Continuó paseando por la naturaleza para cazar, recolectar y pescar. Lo disfrutaba la mayor parte del tiempo, aunque cayó en un estado de shock cuando su grupo descubrió los restos a medio comer del hombre que había conocido en el prado. Sus labios se volvieron azules y casi se desplomó. Pero sus amigos acudieron en su rescate, la recostaron levantando sus piernas y susurrándole palabras de apoyo.

Ver a ese macho alfa, que había sido incapaz de sobrevivir por su cuenta, ayudó a Renee a enfocar su mente. Luego de eso, hizo un esfuerzo concertado para ayudar con cada tarea, probando ordeñar las vacas, alimentando a los pollos, sembrando semillas, transfiriendo plantas, cosechando tomates y reparando algunas tuberías.

Pero fue la actitud de Renee para el juego lo que demostró que realmente había evolucionado. Dejó de lado su adicción al trabajo y encontró la manera de vivir el momento, hablando, bromeando y riendo con los otros aldeanos. También aplicando maquillaje a las otras chicas, o jugando netball, rounders, drafts y dardos.

Ella jugaba juegos de mesa con Curie casi todas las noches. Pero los juegos en sí mismos nunca fueron lo importante. Lo que importaba era el tiempo dedicado a jugarlos, tiempo dedicado a hablar, vincularse y descubrir las peculiaridades de los demás.

En cuanto a la edad, Curie era como una hija para Renee. Renee sentía un deber de cuidado hacia su joven compañera de casa;

arreglándole el cabello cada mañana, y acudiendo en su ayuda cada vez que se raspaba la rodilla. La forma en que las pecas de Curie se estiraban y se desvanecían cuando se echaba a reír, llenaba a Renee con un sentimiento de afecto más amplio. El hábito de Curie de limpiarse la nariz con la manga le daba a Renee una sensación de calidez inexplicable.

En términos de madurez, sin embargo, Curie y Renee eran más como hermanas. Hablaban de chicos, peinados y los demás aldeanos. Cuando una de ellas se reía, provocaba una reacción en cadena; la otra se reía, y luego la primera se reía un poco más. Cuando una de ellas estornudaba, la otra solía tener un ataque de hipo o eructar o aplaudir.

Renee se mantuvo cerca de Simone. Copió su uso del lenguaje hablando con empatía, y llamando a la gente "Mi amor".

Pero fue su relación con el hombre callejero lo que realmente salió de la nada. Ella se vinculó con aquel perro; llevándolo a pasear, jugando al *Fetch* y frotándole la barriga. Dejó de verlo como un perro, como el sinvergüenza que era. Vio a través de su exterior canino, ignoró su torso peludo, olvidó sus piernas torcidas y comenzó a percibir su humanidad.

¡Ugh! No sé cómo lo hizo.

Renee notó que el hombre callejero tenía gustos individuales, como cualquier otra persona. Él prefería la carne de res y carnero al cordero y pescado. Aunque comía carne cruda directamente del suelo, ya que era la única comida que le daban. Cuando Renee le ofreció un sándwich, pareció feliz de probarlo. Inclinó la cabeza, frunció el ceño y extendió lentamente la pata, tomando el bocadillo y llevándoselo a la boca.

Él hombre callejero sonrió, como lo haría cualquier otra persona.

Sí bien él no hablaba, Renee notó la forma en que saltaba, felizmente, cada vez que la veía. Notó cómo él levantaba la cabeza cada vez que estaba emocionado, y cómo temblaba cuando tenía frío. Sus ojos parecían revelar las emociones más humanas: tristeza y alegría, esperanza y miedo, sorpresa y disgusto.

Después de una semana, ella finalmente se dio cuenta:

"¡Eso es! No somos como los nativos, tú y yo. Somos marginados: las únicas personas que escaparon de Londres. Los únicos que fueron criados en otras partes. Nunca seremos como los lugareños, mi amor, pero siempre seremos mutuamente parecidos. Siempre encontraremos consuelo en nuestras aventuras compartidas. Lo sé. Tan solo lo sé ¡Estamos destinados a conformar un equipo!"

El hombre callejero meneó su trasero y asintió con la cabeza. Casi podía oler el mal olor en su pelaje, ese hedor repugnante a estiércol y jamón podrido. Eso hizo que casi me atragantara.

Pero, temo decirlo, esta declaración no fue de una sola vez. Comentarios como este se convirtieron en la norma. Cada vez que Renee veía a esa desgraciada bestia, sus fosas nasales se abrían y ella lo absorbía. Su corazón saltaba. Sus visiones se difuminaban, luego se aclaraban, luego se difuminaban de nuevo. Ella suspiraba, luego sonreía con todas sus fuerzas.

¡Ugh! Quiero decir, ¡qué asco! No podía comprenderlo del todo. Decidí que era hora de actuar...

***

Un cuervo aterrizó en el alféizar de la ventana.

Renee tuvo que parpadear varias veces antes de reconocerlo. Tuvo que parpadear varias veces más antes de ver la nota adjunta a su pie.

Abrió la ventana y tomó la nota:

Usted está cordialmente invitada a tomar el té con Paul Podsicle el segundo en Knebworth House. Un dron la recogerá al mediodía.

Renee chasqueó la lengua. Ella acababa de llegar a la aldea, estaba asentada y no tenía deseos de irse. Tomó un poco de té de manzanilla, se peinó y se cortó las uñas.

Recordó las palabras de Chomsky:

"¿Qué fue lo que dijo?... Hmm... Oh sí: *'Siempre hemos respondido a las solicitudes de los oligarcas, porque tememos que nos envíe de vuelta a Londres si nos rehusamos a hacerlo'*".

Renee sintió que su peso corporal aumentaba en varias toneladas. Sus pies se apretaron contra el suelo, no pudo levantar sus muslos y estaba segura de que su silla se derrumbaría en cualquier momento:

"Si me niego a ir, Paul Podsicle podría expulsar a todo el pueblo. ¿Y entonces qué? Estas personas no podrían sobrevivir en Londres. No están preparados para la vida individualista. Sería... Oh... Oh... Oh..."

Renee sostuvo su cabeza en sus manos y oró para que la mesa se la tragara por completo.

Simone, que acababa de ver la nota, masajeó sus hombros:

"Es horrible, ¿no? Pero realmente no tienes que ir si no quieres hacerlo. Está bien, mi amor, está bien".

Pero no estaba bien. Renee *tenía* que ir, Incluso aunque no lo deseara.

Era el reto más grande que ella había enfrentado. Sí, deshacerse de su gas, quitarse sus Plenses y abandonar Londres había sido difícil. Pero ella había hecho eso por sí misma. Su dolor había sido suavizado por su fe, por su creencia de que iba a escapar de su problemática existencia, encontrar a 'Mamá', encontrar la libertad y comenzar una nueva vida. Fue un caso de *mucho dolor, mucha ganancia.*

Esto era diferente. Este fue un caso de *mucho dolor*. Sin ganancias. Renee podría perderlo todo: sus amigos, su hogar y su felicidad. Pero no tenía nada que pudiera ganar.

"Lo entenderemos", continuó Simone, aunque la mirada en sus ojos la traicionó. Sus párpados se habían retraído y sus pupilas habían crecido hasta duplicar su tamaño normal.

Renee negó con la cabeza:

"No sería capaz de vivir conmigo misma si me quedo. Yo... yo... Tengo que ir. Quiero decir, ¿Qué es lo peor que podría ocurrir?

¿No es así? Ustedes han ido antes. Estoy seguro de que estará bien".

Curie corrió hacia Renee, saltó sobre su regazo, le besó la mejilla y la abrazó tan fuerte como pudo.

***

Todo el pueblo se reunió para despedirse de Renee.

Ella los observó, transformándose en puntos, mientras el dron se elevaba y salía disparado a la velocidad de un rayo.

Debajo de ella, los campos crecidos, los bosques jóvenes y los arroyos venosos se convirtieron en una masa verde y azul. Renee trató de recordar cada camino por el que había pasado, aunque era más fácil decirlo que hacerlo. Su cabeza comenzó a girar.

Estaba mareada cuando llegó. Salió del dron y cayó al suelo. Un robot la ayudó a levantarse, la sacudió y la llevó a la casa de Knebworth. Se trataba de una mansión del siglo XV, tan ancha como el ojo podía ver, decorada con un fárrago de torres y cúpulas; merlones, gárgolas y banderas. Su fachada era de un color beige amarillento, con enormes ventanales, puertas arqueadas, y el tipo de gravitas que solo se forman con el paso del tiempo.

Las puertas principales se abrieron y Renee entró. Ella se estremeció con un déjà vu.

Sintió que ya había visitado ese espacio gigante, con sus lujosas alfombras rojas y candelabros de cristal, pero no podía recordar cuándo. Reconoció este sofá con incrustaciones de rubí y este piano dorado, estas figurillas y los huevos de Fabergé, pero no podía recordar por qué. Sintió que estaba experimentando algo que había experimentado antes, como si hubiera retrocedido a otra era, a otro mundo, a otro cuerpo y a otra vida.

En cada extremo de la habitación, los enormes espejos reflejaban sus propios marcos dorados. Entre ellos, un par de puertas negras brillantes comenzaron a abrirse.

Renee entró en la habitación contigua y vio a un hombre que estaba descansando en su trono. Él vestía con una bata de satén y un par de zapatillas con incrustaciones de esmeralda. Renee estaba segura de que lo había visto antes, pero no podía recordar dónde.

Este hombre era guapo, ¡oh, tan guapo! Uno de los especímenes más finos, que la humanidad hubiera conocido. Su complexión era musculosa: de pecho plano, hombros anchos y extremidades largas.

Los ángulos más ásperos de su cuerpo parecían haber sido lijados, alisados y suavizados. Su piel brillaba, era todo terracota, seda y esmalte. Estaba terriblemente limpio, como si hubiera sido aseado, cepillado, manicurado y masajeado casi cada hora.

Él hombre levantó sus gafas. Renee dio un paso adelante:
"Heh... Heh... ¿Hola?"

Bada-bing! ¡Solo por escucharla! ¡solo por verla en persona! Mi corazón retumbó con fuerza.

La miré a los ojos y sonreí:
"Amada Renee: no te quedes ahí parada. Ven, toma asiento. Siéntete como en casa".

***

"Amada", pensó Reneee. "Sè... *Amor... Ed*. Ahora bien, ¿dónde he escuchado esa palabra antes?"

Ella estaba sentada en una de las sillas de la reina Victoria, tratando de encontrarle sentido a la situación. Su cabello reflejaba mis candelabros, brillante, como si estuviera infundido con luciérnagas y luces de colores. Me tomó toda la fuerza que tenía a mi disposición para evitar alcanzarla, tomarla y posar mis labios en los de ella.

"¿Yo... Umm... te conozco?"

¡Esa mirada de intenso esfuerzo mental! Estimado amigo: ¡Ella resplandecía positivamente!

Me pellizqué el muslo y traté de mantener la calma, aunque no puedo decir que lo logré:

"Creo que mis avatares han tenido el placer de tu compañía". Renee abrió la boca para hablar. Hizo una pausa. Yo temblaba. "Vamos". Me dije a mí mismo. "Puedes hacer esto".

Respiré hondo y me hundí en mi silla, permitiéndole a Renee encontrar sus palabras:

"¿Podsicle?" Asentí.

"¿Oxford Circus?" Asentí.

"El entrevistador..."

Renee se detuvo, pasó sus ojos por mis Van Gogh, Picasso y Rembrandt. Pasó un par de momentos en silenciosa contemplación, y finalmente se dio la vuelta.

¡Eso es! Mi corazón volvió a retumbar. Renee se mordió el labio inferior:

"Dicen que eres dueño de una cuarta parte de Gran Bretaña".

"¡Un cuarto!" Me burlé. "No. ¡Ho, Ho, Ho! Cómo exageran las personas. No, mi dulce, apenas tengo una quinta parte".

"Oh".

"Poseo una cuarta parte de África".

"Oh. ¿Como cuánto es eso?"

"No puedo decirlo con certeza. Nunca he estado ahí".

Renee arqueó las cejas.

Le pasé una copa de champán:

"Cuéntame tu historia. He estado tan ansioso por escucharla".

¡Ella sonrió! ¡Ella sonrió positivamente! Quería bombear el aire con el puño y realizar un baile divertido.

Estoy feliz de decir que no lo hice.

Me puse rígido y escuché mientras Renee hablaba sobre su Momento Eureka, cómo había hablado con las ratas, como había aplastado su broche y de cuando se quitó sus Plenses.

Hizo una pausa, miró hacia arriba y observó los abismos más profundos de mis ojos.

No sé lo que hice, no había dicho una palabra, pero debió ser algo en mi actitud. Renee agarró su silla, se levantó un poco y habló con descarada autoridad:

"¡¡¡Ya sabías todo eso!!!"

Me sorprendió, pero hice lo posible por no mostrarlo. Asentí.

Ella continuó:

"Pero... ¿Como?" Sonreí:

"He estado cuidándote por mucho tiempo, cariño. ¿No recuerdas esos trabajos que te dieron mis avatares? Te pagué el dinero que necesitabas para sobrevivir. Sin mí, tu deuda hubiera vuelto inmanejable, habrías perdido tu cápsula y tu medicación habría sido desconectada".

"¡Eso es lo que ocurrió!"

"Pero solo una vez que ya estabas lista".

"Lista... ¿Como diablos sabías que ya estaba lista?"

Ella me atrapó. Mi amor se apaciguó, por breves momentos siendo reemplazado por una sensación de inquietud estomacal.

Aquello duró mucho. Antes de que pudiera orientarme, me encontré respetando su actitud y amándola más que antes.

Consideré la honestidad como la mejor política:

"¡En el nombre del mercado, tú misma ya habías probado que estaba lista!"

Renee me hizo un gesto para que continuara.

"Te llevé a Podsicle Palace, para mostrarte la verdadera riqueza; para ayudarte a darte cuenta de lo poco que tenías, aunque trabajabas tan duro. Y te di una oferta de trabajo, para despertarte temprano, cuando tu gas era ligero, para que pudieras evaluar tu situación con una mente clara. Te ayudé que percibieras la inutilidad de tu existencia".

"Pero... Pero... Pero, ¿cómo supiste que eso funcionaría?"

"¡No fue así! Ho, ho, ho. Querida Renee: La primeras setenta y cinco veces, no funcionó del todo. Apostaría que no recuerdas esas mañanas. Inhalabas tanta medicación que borrabas el contenido de tu memoria".

Renee negó con la cabeza:

"Espera. ¿SI no funcionó setenta y cinco veces, ¿por qué seguiste haciendo el intento?"

"¡Porque tú seguías intentándolo!

"Cada vez que te levantabas temprano por la mañana, veías las mismas imágenes y tenías los mismos pensamientos. Te dabas cuenta de que nunca pagarías tu deuda, comprarías tu propia cápsula, te retirarías, serías feliz o libre. Cualquier otro se habría suicidado ahí. ¡Pero tú no! Oh no. Llegaste a esa desagradable realización en no menos de setenta y seis ocasiones diferentes, y en cada ocasión te salvaste a ti misma. No solo una, no solo dos, ¡sino setenta y seis veces! ¡Bravo! Así, mi dulce, es como me di cuenta que tú eras especial".

Renee negó con la cabeza:

"¡No! ¡No, no, no! No puede ser cierto. Si hubiera experimentado eso antes, I-Green lo recordaría y me hubiera ayudado en el proceso".

Me encogí de hombros:

"Borré la memoria de tus avatares".

"¿Tú... Borraste... Su... Memoria?"

"Sí. Tus avatares trabajaban para mí. Eran de mi propiedad, ya que tú no habías pagado tu deuda".

Sonreí:

"Amada Renee: Te he estado observando por años; vigilándote a través de los ojos de tus avatares. Siempre he estado de tu lado. ¡Siempre! Te conozco tan bien cómo a mí mismo. Y voy a decirte esto: Te amo *incluso más* de lo que me amo a mí mismo".

"Tú... Tú... Tú no puedes hacer eso. ¡Es espionaje! ¡Es una invasión de la privacidad!"

Aquel comentario me sacudió hasta la médula:

"¡Oh Renee! Por favor, créeme: Jamás fue mi intención hacerte daño".

Renee rechinó los dientes:

"Pero... Entonces... Entonces, ¿qué es lo que cambió?"

"En la ocasión número setenta y seis, rompiste tu tetera. Sus restos te proporcionaron un desencadenante visual, lo cual te ayudó a recordar tu revelación. Después, fue una cuestión de paciencia. Cuando detuviste tu consumo de gas, supe que estábamos en la ruta correcta. Solo necesitaba llevarte a Mansion House, para darte algunas pistas más. Luego te corté el suministro de gas. Sabía que sobrevivirías. Estabas lista.

"Después de eso, las cosas fueron sencillas. Lo resolviste casi todo por ti misma, te quitaste tus Plenses y te marchaste de Podsville. Solo tuve que enviar a mi cuervo, mi pequeño robot espía, que te llevó a South Mimms. El resto, como se suele decir, es historia".

Renee parecía confundida:

"Pero... Pero... Seguramente había una manera más simple". Me reí. No fue mi intención, me arrepiento de ello ahora, pero me reí positivamente:

"¿Una manera más simple? ¡Por supuesto! Pero si las cosas fueran simples, cualquiera las haría. Y yo no quería a nadie. Quería encontrar a alguien especial. ¡Quería encontrarte a *ti*!"

Renee se aferró a mis reposabrazos:

"Entonces... Quieres decir que... ¿Había otros?" Asentí.

"Y mi mamá. ¿Que hay sobre mi mamá? ¿Era ella uno de los otros?"

Mis mejillas se tensaron, incliné mi cabeza y asentí ligeramente. "Tú... Quieres decir... ¿Qué? Ella... No..."

Asentí.

"¿Ella se suicidó?" Me estremecí.

"¿La orillaste al suicidio?"

Renee se puso de pie. Apretaba los dientes, tenía la mandíbula tensa y se pasaba las uñas por los brazos. Su rostro se hinchó en todas direcciones. Su aspecto no era bueno. Y, sin embargo, debo admitir que la amé más que nunca. Incluso en este estado miserable, aún la encontraba atractiva.

¡Qué loco, loco amor!

"Pero... Pero... sólo quería una madre. ¡De eso se trataba!"

Me levanté, me acerqué a nuestra Renee, le puse la mano en el hombro y hablé en voz baja:

"No. Amada Renee: Es lamentable, es realmente horrible. A veces me cuesta dormir. Pero no estabas buscando a tu madre. Esto nunca se trató de ella".

Sorprendida por el atrevimiento de mi declaración, Renee luchó por responder:

"Yo... No estaba... Buscando... ¿A mamá?"

"No. Tu no buscabas a *tu* mamá. Tu querías *ser* una mamá. ¡Tú quieres tener un hijo!"

La cabeza de Renee se sacudió hacia atrás. Su cuello lo devolvió lentamente a su posición correcta. Sus párpados se cerraron en una rendija, y luego se separaron, un milímetro a la vez, hasta que sus ojos comenzaron a hincharse:

"¡Es cierto! Pero... ¿Pero cómo lo...? ¡Es cierto! ¡Quiero tener un hijo!"

"¡Así es! ¡De eso se trata!

"Amada Renee: la humanidad ha caído en un estado de desgracia. Necesitaba encontrar un ser puro, un ángel, con quien pudiera comenzar la carrera de nuevo. Miré alto, miré bajo, y luego te encontré. ¡Tú eres la indicada! ¡El amor de mis amores! La Eva para mi Adán.

"Mi amor: he pasado toda mi vida buscándote, y ahora te he encontrado. Quiero decir, ¡sí! Renee: Nacimos para estar juntos. Viviremos por siempre, nos amaremos por siempre y crearemos los herederos más perfectos. ¡La raza humana volverá a ser pura!"

Me arrodillé, saqué un anillo de diamantes de mi bolsillo y se lo mostré a mi amor:

"Renee Ann Blanca: ¡Sé mi esposa!"

Renee sonrió. ¡Resplandeció positivamente! Extendió la mano.

¡Mi sueño se estaba haciendo realidad! ¡Íbamos a unirnos!

¡Diablos! Sucedió en un instante: nuestra Renee adoptó una actitud muy fría.

Hizo que me estremeciera. Renee retiró su mano:

"Espera... Tú... Tú... ¿Condujiste a mi madre al suicidio?" Asentí:

"Lo siento mucho, mi dulce, pero todo eso ha quedado en el pasado. No importa ahora".

"¡A mí sí me importa!"

"Lo sé".

"¿A cuántos más mataste?"

"¿Matar? ¿Por qué, Renee? No he matado a nadie. Ni una sola alma".

"¡Semántica! ¡Pura semántica! Dímelo. ¡Dímelo ahora! ¿A cuánta gente orillaste al suicidio?"

"A la mayoría de ellos, supongo. Ho Ho Ho. Algunas personas se suicidaron de inmediato. Otros tardaron varios minutos. Todos se suicidaron a su manera individual. Algunas personas incluso escaparon. Pero esas personas murieron en el desierto o regresaron a Podsville. Tú fuiste la única que logró llegar a South Mimms".

Renee gritó:

"¿La única? Todos los demás... ¿Murieron? ¿Decenas de millones? ¿Ochenta millones? ¿Tú mataste a... Ochenta... Millones... De personas? Eres un monstruo. Eres... ¡¡¡Aaagh!!!"

Ella tiró su champaña a uno de mis Rembrandt, pero no esperó a verlo romperse. Se dio la vuelta, derribó la silla de la reina Victoria y se marchó.

Mi corazón latía aceleradamente.

La perseguí y grité con desesperación enamorada:

"Amada Renee: No te puedes marchar así como así. Me debes ciento catorce mil libras. Uno debe pagar sus deudas. Es una cuestión de honor. ¡Renee! ¡Renee! Uno debe pagar las deudas".

Ella se estaba escapando, yo me estaba cansando, pero me obligué a seguir:

"Renee! ¡Amada Renee! Piensa en la vida que podríamos vivir. Piensa en nuestros hermosos hijos".

Pasamos por mi estanque koi, las fuentes y los jardines: "Renee! ¡Amada Renee! Soñabas con tener tu propia cápsula y retirarte. ¡Puedes hacer eso! ¡Puedo hacer tu sueño realidad!" Salimos de mi recinto:

"Renee! ¡Amada Renee! Podemos ir a donde quieras. Puedes tener lo que quieras. Podemos hacer lo que queramos juntos.

"¡Renee! ¡Amada Renee...!" No era algo bueno.

Mi dulce amada había desaparecido. El cielo se volvió negro.

El viento silbaba con burla:

"Amo a otra persona... otra persona... otra persona..."

ESCÚCHAME

"La decepción más grande que sufren los hombres proviene de sus propias opiniones."
LEONARDO DA VINCI

Me gustaría pensar que me he ganado tus simpatías. Has visto las extraordinarias distancias que he recorrido en búsqueda del amor, y has visto cómo fui rechazado de las maneras más crueles. Nunca, en la historia de la humanidad, alguien ha dado tanto para recibir tan poco.

Me gustaría pensar que estás conmigo, sintiendo mi pesar, mientras lloro estas lágrimas de amor:

¡Mi Renee! ¡Amada Renee! ¿Por qué me has abandonado?

Ay, no puedo estar seguro. Tu generación es un poco diferente a la mía. Temo que me han juzgado con dureza.

Es porque he conducido a ochenta millones de personas al suicidio, ¿no es así? Me estas juzgando por eso.

¡NO! No es eso.

Yo no maté a nadie. ¡NI UNA SOLO ALMA! ¿No puedes meterte eso en tu cabeza?

Todo mundo es libre. Ese es el meollo del individualismo: Todos son libres para hacer lo que deseen. No existe el estado autoritario; no hay un *Gran Hermano* o un *Controlador* de *Resident World*. ¡Todos son libres! Cada uno se define a sí mismo, a través del mercado; trabajando tan duro como puedan, realizando los trabajos que elijan, y consumiendo los productos que los hagan realmente únicos. No hay rey o primer ministro que pueda entrometerse en su camino. Ellos son su propio rey, su propio primer ministro. Ellos controlan la narrativa. ¡ELLOS ELIGEN!

No he matado a nadie. Ni una sola alma. ¿Como podría hacerlo? Toda esta gente era libre de actuar de la manera que quisiera. Por lo tanto ¿qué si ellos eligen matarse a sí mismos? Esa fue *su* decisión, no la mía.

Pero, te diré esto: Su comportamiento fue realmente encantador. El último acto de libertad. No solo asumieron la responsabilidad personal de sus vidas, sino que también asumieron la responsabilidad personal de sus muertes. Thatcher hubiera estado tan orgullosa. Esas personas *se subieron a sus bicicletas*.

¿Qué? No me crees ¿Me culpas por conducirlos a su muerte?

¿De Verdad? ¡Aaagh! Tu generación es tan perversa.

Oh, sí, apuesto a que crees que eres perfecto, sentado allí leyendo estas memorias. ¿Pero por qué? ¿Porque nunca has llevado a nadie al suicidio? Bueno, ¡vaya!

Mira: solo he seguido las reglas del juego. Fue tu generación quien escribió esas reglas. Ustedes privatizaron la industria, aplastaron a los sindicatos, destruyeron la sociedad y obligaron a todos a competir. USTEDES crearon esta Individutopia. USTEDES condujeron a ochenta millones de personas a su muerte.

Las acciones tienen consecuencias. Cuando un bombero entra en un incendio, sabe que puede quemarse. Cuando un antílope pasta en un prado, sabe que puede ser cazado.

Cuando tu generación les dijo a las personas que asumieran la responsabilidad personal de sus vidas, les estaban diciendo que asumieran la responsabilidad personal de sus muertes. Estaban poniendo un cuchillo en sus manos y diciéndoles que lo usaran.

No me culpes ¿Quién era yo para discutir con el mundo en el que nací? Los oligarcas estamos sometidos a las reglas del individualismo, como todos los demás; obligados a actuar en nuestro propio interés, como los verdaderos individuos que somos.

Todo lo que quería era amor. ¿Puedes realmente despreciarme por eso? ¿Qué clase de monstruo eres?

Te lo diré de nuevo: solo quería amar y ser amado.

¿Es realmente tan malo? ¿No es eso lo que quieres? ¿No es eso lo que *todos* queremos?

¡¡¡Aargh!!!

Mira lo que me pasó. ¡Solo mira lo que pasó!

Pasé toda mi vida ejecutando algoritmos, entrenando avatares, evaluando a decenas de millones de personas. Pasé todo el día, todos los días, buscando mi único amor verdadero.

Sufrí una derrota por hora. Era una encarnación agónica. Pero la victoria fue mucho peor.

Encontré a mi único amor verdadero: Nuestra Renee. Ella vino a mí, se sentó en esta silla, bebió este champán y respiró este aire. Íbamos a ser felices, oh, muy felices.

¿Y luego, qué? ¡Entonces ella me dejó! Todo había terminado antes de que empezara.

Renee me juzgó por mis acciones, sin considerar mis intenciones. Ella tomó mi amor y lo reemplazó con odio.

¡Piensa en mí! ¡Solo piensa en mí!

Deberías estar llorando mis lágrimas, sintiendo mi dolor. Deberías tener el corazón roto, tocando tus costillas, rodando por el piso de tu habitación.

¡Amada Renee, mi Renee, mi amor!

Regresa. Escúchame. Me entenderás si me das una oportunidad.

Serás feliz. Seremos felices juntos.

Renee, oh Renee, mi amor.

EPÍLOGO

"¿Qué? ¿Hay más?"
JOSS SHELDON

~~Querido Diario,~~
No. Eso simplemente no va.

Han pasado cinco años desde que Renee se sentó en esta silla. Cinco años llenos de dolor, pena y remordimiento. Cinco años, en los que he hecho mi mejor esfuerzo para recuperarme.

Esperaba tener más capítulos para escribir, que Renee cambiaría de opinión y volvería a mis amorosos brazos.

Por desgracia, las cosas no han sido tan amables.

Me he visto obligado a volver a ver mis grabaciones de Renee, a observarla con una nueva visión. Hablar contigo, mientras veo estos videos, realmente me ha ayudado a sanar. Lo creas o no, eres la única compañía humana que tengo.

¡Gracias! Tu presencia ha sido una gran fuente de consuelo.

Con tu ayuda, me siento listo para terminar esta historia, aceptar que no se trata de mí, nunca se trató de mí, siempre se trató de Renee.

Inhalar. Exhalar. Inhalar. Veamos lo que podemos hacer...

***

Mi cuervo, mi fiel robot espía, siguió a Renee a casa desde Knebworth House. Ella recordó bien la ruta y regresó sin detenerse a descansar.

Quería darle caza. Quería destruir todo su pueblo.

No pude hacerlo No podría herir a nadie que hubiera hecho feliz a Renee.

¡Dios, quería matarlos!

No pude hacerlo Me sentí obligado a respetar la elección de Renee.

Llegó a South Mimms, ignoró a todos los que pasaban y corrió directamente hacia las patas de ese horrible perro callejero. ¿Puedes creerlo? ¡Ugh! Me hace temblar solo de pensar en esa bestia desnuda. Yo lo tenía todo, él no tenía nada y, sin embargo, ¡Renee lo eligió sobre mí! ¿Ahora entiendes por qué lo odio tanto?

¡Aaagh!

Renee chilló tan pronto como vio a ese lamentable perro: "Todo es más brillante cuando estoy contigo. Somos los únicos dos de nuestro tipo: abandonados y luego encontrados. Te amo Darwin

Estamos destinados a estar juntos".

Se abrazaron, lucharon y se lamieron su piel. Entonces sucedió. Amado amigo: si eres de una disposición sensible, te sugiero que apartes la vista.

Renee se arrancó la ropa, revelando su hermoso cuerpo, endurecido por años de trabajo duro, pero jamás tocado por un hombre. Se puso de rodillas, levantó la parte de atrás y sonrió con alegría.

Ese desagradable perro saltó sobre sus patas traseras, colocó sus patas en su espalda y se metió en su cuerpo.

Mi cuervo se alejó volando.

No pude soportar seguir mirando.

***

Un estudio de una década, realizado en la década de 1980, encontró que los hombres que besaban a sus esposas en la mañana vivían cinco años más que los hombres que no lo hacían. Ganaban un veinte por ciento más y tenían un tercio menos de probabilidades de morir en un accidente automovilístico. Todo se reducía a su estado mental: su beso matinal los ponía en un estado de ánimo positivo, lo cual les ayudaba a tener éxito.

Renee besó al hombre callejero tan pronto como se despertaron. Nunca dejaron de besarse. La hacía tan feliz, tan positiva, tan efervescente. Te lo digo: ella brillaba.

Aquello hizo que mi estómago se revolviera.

Pero había un lado positivo. Cada vez que los veía besarse, me atragantaba y vomitaba. Deseando borrar ese sórdido recuerdo de mi mente, no pude volver a mi espionaje.

Cuanto más se besaban, menos tiempo pasaba viendo a Renee.

Me alejé de mi pantalla.

Una parte de mí pensó que Renee lo estaba haciendo a propósito; enviándome un mensaje cada vez que ella notaba mi cuervo:

"Amo a alguien más... Alguien más... Alguien más..."

Pero, fuese intencional o no, una cosa estaba fuera de toda duda: funcionó. Me ayudó a superar mi adicción.

He encontrado salidas alternativas para mi energía acumulada. Me he tomado el tiempo que solía dedicar al espionaje y lo utilizo para salir a caminar o a pescar. He adoptado a una gata, Cherry, que me brinda la compañía que tanto necesito. Incluso he considerado visitar South Mimms, aunque no he podido reunir el coraje.

En estos días, puedo pasar semanas sin espiar a Renee. Todavía pienso en ella todos los días, pero los recuerdos no me irritan. Las heridas casi han sanado.

***

Te dejo con la poca información que tengo. Ojalá pudiera contarte más. Pero, ¿cómo puedo hacerlo, cuando ya casi nunca espío a Renee? Me temo que esto es todo lo que sé...

Renee es feliz. Espero que te complazca saber esto.

Cada vez que hay una boda, ella sonríe tan fuerte que duele. Ella baila cuando hay música y participa en todos los eventos de la comunidad; celebrando los solsticios, rezando por la lluvia y organizando las festividades de la cosecha.

Ella se ha integrado a la vida del pueblo, que aún sigue la misma vieja rutina. Por supuesto, han ocurrido escaramuzas: Kropotkin acusó falsamente a Kuti de envenenar a sus ovejas. Un hombre casado cometió adulterio. Una joven robó una lanza. Pero tales disputas pronto se resolvieron en la casa comunal: Kropotkin se azotó a sí mismo, a la esposa del adúltero se le concedió el divorcio y la joven elaboró tres nuevas lanzas. Las cosas regresaron a la normalidad.

Sin embargo, si algo cambió, fue la actitud de los aldeanos hacia el hombre callejero. Se apresuraron a juzgar a Renee cuando ella hizo el amor por primera vez con esa cosa; acusándola de "Bestialidad" e "Indecencia pública". Algunos aldeanos incluso presentaron una moción para que fueran expulsados. Pero esa moción fue rechazada cuando Curie salió en defensa del hombre callejero; señalando la forma en que ayudaba a encontrar setas y trufas, su función de proteger la aldea y cómo se estaba volviendo un poco más humano cada día.

Renee le enseñó al hombre callejero a comer comida humana, de un plato, en una mesa especialmente construida. Mientras aún se arrastraba a cuatro patas, comenzó a bañarse, voluntariamente, y a peinarse. No podía formar oraciones, pero Renee le enseñó algunas palabras: "Simone", "Hora de acostarse" y "Manzana". Aprendió el lenguaje de señas. Votó durante los debates de la aldea, pelaba verduras y se hizo cargo del fuego de la casa.

¡Se convirtió en papá!

Renee dio a luz a gemelos: Un niño y una niña. Ella los llamaba sus "Cachorros", los amamantaba mientras estaba acostada de lado, y les enseñó a ladrar y hablar.

Tenía razón al respecto: Renee *quería* ser madre. Quería ser madre de todos los niños del pueblo. Ella quería cuidarlos, llevarlos a pasear y jugar con ellos siempre que pudiera.

Ella comenzó a enseñar en la escuela del pueblo; un conjunto de cuatro aulas, que olía a tablas de cera y pegamento PVA. Después de un año como asistente de maestra, le dieron su propia clase. Y luego de tres años, ella había creado su propio curso.

Si, es correcto. Renee escribió un libro de texto: "Individutopia: Una Advertencia de la Historia".

Daba conferencias en la casa comunal, enseñando sobre los peligros del individualismo, la responsabilidad personal y el trabajo arduo. Sorprendió a niños y adultos con sus historias de trabajar por trabajar, perseguir sueños imposibles e ignorar a otras personas.

Ella finalmente había encontrado su lugar.

***

Espié a Renee por última vez hace un par de meses. No pienso volver a hacerlo. Así que supongo que tiene sentido para mí dejarte una breve reseña de lo que sucedió ese día soleado de otoño ...

***

Curie se había convertido en una adolescente inquisitiva, con un terrible acné y cabello que le llegaba hasta la cintura. Ella había formado su propio grupo de excursionistas, que a menudo recolectaban más hojas y bayas que el de Simone. Además, era un algo erudita. Asistía a todas las conferencias de Renee, leyó su libro siete veces y sabía más sobre el individualismo que cualquier otra persona de South Mimms.

No resultó sorprendente, entonces, que fuera Curie quien hiciera la pregunta:

"Renee: ¿Nos llevarás a Londres?"

Las personas comenzaron a hablar en voz baja. Y, sin embargo, a pesar del rumor de desaprobación, Curie logró reclutar a ocho intrépidos exploradores. Se reunieron en la estación de servicio al amanecer, vistiendo las botas más resistentes del pueblo y cargando mochilas llenas de ropa, mantas, alimentos, linternas y máscaras de gas caseras.

Renee los guio, volviendo por el camino que había recorrido hacía algunos años.

Tan pronto como bajaron de la autopista, Renee tuvo que abrazar a una joven peregrina y decirle que iba a estar bien. Tan pronto como llegaron a Barnet, tuvo que dirigirse a todo el grupo:

"Nadie dijo que esto sería fácil. Pero ustedes pueden convertirse en héroes: Los primeros socialistas en Individutopia. Serán leyendas en South Mimms. ¡El tema de conversación de las charlas del pueblo! Y les diré esto: estarán a salvo. Incluso si yo llegara a escapar por mi cuenta, estarán bien juntos. No tienen nada que perder excepto su miedo".

Hubo un breve momento de silencio. Luego, Curie comenzó a cantar "Canción de redención", los demás se unieron y todos marcharon por el camino; cantando canción tras canción, mientras pasaban por Whetstone Stray, el club de golf Highgate y Hampstead Heath.

Renee habló en un tono nostálgico:

"Aquí es donde pasé mi primera noche de libertad". Todos gritaron:

"¡Tres hurras para Renee! ¡Hip, hip, hurra!" Renee se sonrojó.

Se sentó junto al estanque, abrió su bolsa y le pasó algunos emparedados a su equipo.

La duda se apoderó de ella:

"¿Qué tal si no puedo irme? ¿Qué tal si no quiero irme? ¿Qué tal si me obligan a pagar mi deuda?"

Estos pensamientos pronto desaparecieron. Luego ella sonrió.

Vio a Curie, con manchas de mayonesa en el rostro, y al hombre callejero, que estaba nadando en el estanque. Desempacó sus cartas y comenzaron a jugar.

***

Era media tarde cuando llegaron a Tottenham Court Road.

No había ni una sola alma a la vista. Sólo se escuchaba el sonido del viento; silbando entre los edificios vacíos, golpeando sus ventanas y sacudiendo sus puertas. Las ratas estaban inquietantemente tranquilas.

El smog era espeso, acre y amargo.

Renee se quitó la máscara de gas, solo para ver que sus compañeros ya llevaban puestas las suyas. Estaban fabricadas con algunas botellas de plástico viejas, y algo de lana que Kropotkin había esquilado ese verano. Se veían un poco ridículas, pero funcionaban eficazmente.

"Este es el polígono industrial de West End", explicó Renee. "Y esto es Oxford Street. En épocas pasadas, esta avenida estaba llena de

'Tiendas': lugares donde la gente compraba ropa, juguetes y accesorios".

Renee podía escuchar los murmullos: "Comprar".

"Tiendas".

"Accesorios".

"Esta es la Torre Visa y esta es la Columna Samsung. Más adelante, pueden ver Oxford Circus. Ahí es donde conocí al entrevistador de Podsicle. Fue el entrevistador de Podsicle quien me envió a Podsicle Palace, donde comencé a liberarme".

Curie saltó hacia arriba y hacia abajo:

"¡Renee! ¡Por favor! ¡Renee! ¿Podemos ir a Podsicle Palace? ¡Por favor, Renee, por favor!" Renee se rio:

"Está bien, mis amores, síganme".

Se dirigieron hacia Saint George Street, Bruton Lane y Berkeley Street tratando de no inhalar demasiado profundamente, y tratando de no tropezar con la basura.

Los amigos de Renee no estaban seguros de cómo reaccionar ante las enormes torres cubiertas de cristal que se extendían hacia ambos lados. Estas le robaban el espacio al cielo y volviéndolo verde. Por eso el grupo sentía la necesidad de correr hacia el interior, y una necesidad aún mayor de mantener la distancia. Este mundo era tan nuevo para ellos, tan vano, que los hacía estremecerse.

Renee captó su incomodidad.

"No hay problema", dijo. "Es suficiente con mirar desde lejos". Su equipo exhaló como si fueran uno.

Pero Podsicle Palace no les impresionó tanto. El hecho de que estuviera hecho de piedra, una sustancia natural, parecía tranquilizar sus mentes. Cuando Renee entró, sus compañeros de equipo estaban felices de seguirla.

Pasaron horas en ese lugar, haciéndose pasar por reyes, reinas, príncipes, bufones, cortesanas, sirvientes y esclavos. Corrieron alrededor, con retratos frente a sus rostros. Se sentaron en el trono real, usaron las joyas de la corona, tocaron los pianos y tomaron dos recuerdos: una estatuilla y un dragón chino.

Para cuando se fueron, el cielo estaba completamente negro.

Encendieron sus linternas y se dirigieron a la ciudad.

"Te prometí una noche en Podsville", declaró Renee. "Y siempre cumplo mis promesas".

Curie aplaudió:

"Renee: ¿De verdad podemos dormir en nuestra propia cápsula?"
"Oh sí".
"Y si nos da miedo, ¿podemos ir a dormir contigo?"
"¡Por supuesto, mi amor, por supuesto!"

***

Acababan de pasar el Monumento a la Mano Invisible, cuando se encontraron con el mendigo. Sus pantalones se habían descolorido totalmente. Sería incorrecto llamarlos marrones, del mismo modo que sería incorrecto llamarlos blancos. Carecían de color alguno. *El hombre carecía de color*. Tanto él como su ropa se confundían con el entorno.

Los compañeros de Renee pasaron por allí, ajenos a su existencia, pero Renee se detuvo. Ella había visto su imagen, reflejada en los zapatos del mendigo, y había reconocido su trenza. A pesar de que su rostro se había arrugado como una pasa; a pesar de que sus rasgos habían sido aspirados hacia su nariz; a pesar de que parecía más viejo y frágil que nadie que Renee hubiera visto, todavía le recordaba a sí misma, y la vida que solía llevar.

Ella vio la marca de nacimiento en forma de estrella en su labio inferior.

"Oh sí", pensó ella. "Oh no".

Ella no había pensado en aquel hombre durante años. Tal vez su mente lo había bloqueado. Quizás. Pero aquí estaba ella, parada ante él, incapaz de negar su existencia, segura de que estaba vivo y segura de que necesitaba su ayuda:

"Pero... Pero, ¿cómo?... ¿Cómo has sobrevivido aquí solo?" Los párpados del hombre estaban pegados con residuos y polvo.

Sus labios estaban unidos con saliva seca. Renee no tuvo más remedio que esperar, pacientemente, mientras el mendigo luchaba por abrirlos.

Después de varios minutos, una pequeña brecha apareció al lado de su boca. Esta brecha comenzó a extenderse, despegando sus labios a la vez.

El hombre susurró tan suavemente, y jadeó tanto, que Renee tuvo que acercar su oreja a su boca para escucharlo:

"Rah... Rah... Ah... ¿Eres tú?... Ah... Es muy agradable escuchar otra voz".

Renee repitió su pregunta:

"Mi amor: ¿Cómo has sobrevivido aquí solo?"

El hombre se relamió los labios:

"Yo... Ah... nunca he sido parte de esto... Ah... nunca he tenido avatares... Ah... busco comida... me alimento de ratas si tengo suerte".

El corazón de Renee se encogió.

"¿Por qué no lo salvé?", Se preguntó a sí misma. "¿Por qué no regresé para ayudar?"

El hombre estaba tratando de hablar:

"Rah... Rah... ¿Renee?... Ah... ¿Eres tú?" Renee se sobresaltó:

"¿Cómo... cómo supiste mi nombre?"

El hombre intentó sonreír. Sus mejillas se levantaron un poco, luego se derrumbaron:

"Tú eres... Mi... ¿Renee?... Ah... ¡Mi ángel!" Renee frunció el ceño.

El hombre logró sonreír:

"¿Mi Renee?... Ah... ¿Mi princesa?... Ah... ¡Mi niña!" El hombre luchaba por abrir sus ojos:

"Nunca quise dejarte... Ah... Nunca... Pero ¿qué iba a hacer?... Ah... Tu madre te abandonó... Ah... Mi dulce niña... Cuando te encontré, no podías oírme ni verme... Ah... Pero nunca me di por vencido... Mi misión era llamarte cada día... Ah... Prometí quedarme aquí hasta el final de los tiempos... Ah... Mi princesa... Mi Renee... ¡Mi niña!"

Las lágrimas cayeron en cascada por las mejillas de Renee:

"Pa... ¿papá? ¿Eres tú?"

El hombre abrió los ojos con avidez:

"¡Renee!"

"¡Papá!"

"¡Renee!"

"¡Papá!"

Renee sonrió con una fuerza increíble antes de pasarle a su padre un bollo de canela:

"Papá: vamos a llevarte a casa, ¿de acuerdo? Tenemos un pueblo encantador, con mucha comida y muchos amigos. Mi amor: Te cuidaremos para que recuperes la salud".

Su padre cerró los ojos.

"¿Papá?"

Su cabeza cayó hacia delante.

"¿¿¿Papá???"

Su torso se aflojó y se desplomó.

"¡Papá! ¡Papá! ¡No puedes dejarme ahora! No después de todos estos años. ¡No después de haber tardado tanto en encontrarte!"

Renee sacudió a su padre, gentilmente, e intentó abrirle los ojos.

Ella seguía diciendo "¡Papá! ¡Papá!" Le dio un masaje, lo frotó y lo pellizcó:

"Oh Renee! ¿Cómo pude dejarlo por tanto tiempo?" Buscó un pulso, una respiración, algún signo de vida. Seguía mirando, más con esperanza que con expectativa.

Recordó al hombre masturbándose, y cómo se había burlado de él todos los días. Recordó al mendigo, y cómo lo había dejado sin decir una palabra.

Se arrugó en una bola, tiró de su cabello, gritó hasta quedarse sin habla, esperó unos minutos y esperó durante horas.

Curie la apartó.

"Ha fallecido", dijo en un tono sombrío. "Está bien, está bien. Vamos a llevarte a la cama. Lo enterraremos mañana. Mi hermana: no hay nada que puedas hacer".

Renee se frotó una lágrima de su mejilla:

"Adiós, dulce papito, adiós. Lamento mucho por no haber venido antes. Pero si puedes escucharme ahora, dondequiera que estés, quiero que sepas que te amo. Siempre te he amado. Siempre serás mi papi".

Se levantó, temblorosa, muy consciente de sus rodillas, que se frotaban contra sus huesos.

Una rata pasó corriendo. El viento silbó.

Un débil sonido acarició la oreja de Renee:

"Rah... Rah... Renee... Ah... Mi hija... Ah... No te preocupes, estoy bien... Ah... Ven, mi niña, llévame a casa..."

TAMBIÉN DE JOSS SHELDON...

DEMOCRACIA: UNA GUÍA PARA EL USUARIO

DICEN QUE VIVIMOS EN UNA DEMOCRACIA, QUE SOMOS LIBRES Y DEBERÍAMOS ESTAR AGRADECIDOS.

¿Pero cuán "libres" somos? ¿Cuán democráticas son realmente nuestras denominadas "Democracias"?

¿Es suficiente con elegir a nuestros líderes y luego sentarnos, indefensos, mientras nos gobiernan como dictadores? ¿De qué sirve elegir a nuestros políticos, si no podemos controlar nuestros medios de comunicación, la policía o la milicia? Si debemos seguir ciegamente las órdenes de nuestros maestros y jefes, en la escuela y en el trabajo, ¿no es un poco ingenuo creer que somos los dueños de nuestros propios destinos? Y si nuestros recursos son controlados por una pequeña cábala de plutócratas, banqueros y corporaciones; ¿podemos decir honestamente que nuestras economías están siendo dirigidas por nosotros?

¿No podrían las cosas ser un poco más, bueno, democráticas?

¡Por supuesto que sí! "Democracia: Una guía para el usuario" nos muestra cómo...

Dentro de las páginas de este libro lleno de historias, visitaremos Summerhill, una escuela democrática situada en el este de Inglaterra, antes de hacer una parada en Brasil para echar una ojeada a Semco, donde la democracia en el lugar de trabajo es el nombre del juego. Viajaremos a Rojava, para explorar como es la vida en un ejército democrático, y luego nos dirigiremos a España, para ver por qué podemos darle una oportunidad a la democracia líquida. Viajaremos atrás en el tiempo, para estudiar la democracia en la vida diaria de las sociedades de cazadores-recolectores, las confederaciones tribales, los gremios y las comunas. Consideraremos el caso del presupuesto participativo, la democracia deliberativa, la contratación colaborativa, las monedas comunitarias, los préstamos entre pares y mucho más.

El mensaje es claro y conciso: La democracia no tiene que ser una quimera. Tenemos todas las herramientas que necesitamos para gobernarnos a nosotros mismos.

TAMBIÉN DE JOSS SHELDON...

LA PEQUEÑA VOZ

"La novela más reflexiva del 2016"
Huffington Post
"Radical... Una obra maestra... De primera clase..."
The Canary
"Una hazaña realmente notable"
BuzzFeed

¿PUEDES RECORDAR QUIÉN ERAS ANTES DE QUE EL MUNDO TE DIJERA QUIÉN DEBERÍAS SER?

Estimado lector,

Mi personaje ha sido moldeado por dos fuerzas opuestas: la presión para ajustarme a las normas sociales y la presión para ser fiel a mí mismo. Para ser honesto contigo, estas fuerzas realmente me han destrozado. Han tirado de mí de una manera y luego de la otra. A veces, me han dejado cuestionando toda mi existencia.

Pero por favor, no pienses que estoy enojado o malhumorado. No lo estoy. Porque a través de la adversidad surge el conocimiento. He sufrido, es verdad. Pero he aprendido de mi dolor. Me he convertido en una mejor persona.

Ahora, por primera vez, estoy listo para contar mi historia. Quizás te inspire. Tal vez te aliente a pensar de una manera completamente nueva. Quizás no lo haga. Solo hay una forma de averiguarlo...

Disfruta el libro,

Yew Shodkin

TAMBIÉN DE JOSS SHELDON…

OCUPADO

"Una obra única de ficción literaria"
The Examiner
"Más oscura que el 1984 de George Orwell"
AXS
"Sincera e inquietante"
Free Tibet
"Rompe con los géneros"
Pak Asia Times

HAY GENTE QUE VIVE BAJO UNA OCUPACIÓN. ALGUNAS PERSONAS SE OCUPAN A SÍ MISMAS. NADIE ES LIBRE.

Entra en un mundo mágicamente ficticio y asombrosamente real, para seguir las vidas de Tamsin, Ellie, Arun y Charlie: Un refugiado, un nativo, un ocupante y un migrante económico respectivamente. Míralos crecer durante un pasado feliz, un presente diario y un futuro distópico. Y prepárate para asombrarte.

Inspirado por las ocupaciones de Palestina, Kurdistán y Tíbet, y por la ocupación corporativa del oeste, 'Ocupado' es una mirada inquietante a una sociedad que resulta demasiado familiar para el consuelo. Realmente se trata de una pieza única de ficción literaria.

Milton Keynes UK
Ingram Content Group UK Ltd.
UKHW010828230424
441593UK00003B/117